中公文庫

幸せな家族

そしてその頃はやった唄

鈴木悦夫

中央公論新社

目次

プロローグ　10
第一章　13
1　雪のひな祭り　14
2　はじめて聞く歌　27
3　最初の死体　36
4　赤いカッターナイフ　48
5　密室殺人　64
6　二人づれ　75
第二章　89
1　五月五日は子どもの死　90
2　二人は出会わなかった　100
3　心の病気　115

4　空を見る親子　128
5　母の予想　139
6　雨の季節　155
7　もっとちがう別の何か　165

第三章　175

1　カンナの葉のかげで　176
2　アリバイ調べ　187
3　秋山メモ　196
4　重田刑事の推理　212
5　誕生日に死んだ子　223
6　ホワイト・クリスマス　240

第四章　251

1　その頃はやった唄　252
2　父のこと　259
3　兄のこと　278
4　母のこと　284
5　友のこと　297
6　そして姉のこと　305

あとがき　329

鈴木悦夫が遺したものは？——追悼・鈴木悦夫　野上 暁　331

解 説　松井和翠　341

幸せな家族　そしてその頃はやった唄

主な登場人物

○中道家○

勇一郎　父。写真家。

由美子　母。

一美　長女。高校二年生。

行一　長男。中学二年生。

省一　次男。小学六年生。

○《幸せな家族》撮影スタッフ○

西浦尚平　演出家。元俳優。

森山雄三　広告代理店トレンド社のプロデューサー。

谷口紀夫　映像カメラマン。

秋山淳　進行係。

○その他の人物○

松倉美知子　省一の友人。

柴田浩　省一の友人。

重田・梅沢　刑事。

プロローグ

とうとうぼくはひとりになった。

この一年のあいだに、ぼくの家族はぽつりぽつりと死んで、最後に、ぼくひとりがのこった。

はじめは父だった。つづいて兄が死に、母が死に、姉が死んだ。そしてもうひとり、家族ではないけれど、ぼくの親友も死んだ。

ぼくはいま、ひとりぼっちだ。

死体が一つ発見されるたびに、マスコミは大さわぎをした。ぼくも何回か記者やレポーターの質問を受けた。けれど、ある時から、そういうこともなくなった。

母が死んだあと、記者会見をしたぼくの学校の校長先生が、こう言ったからだ。

「子どもの心は傷つきやすいものです。いま、中道省一(なかみちしょういち)君の心の中は、入りきれないほどの悲しみでいっぱいです。報道陣のみなさん、あなた方も少年や少女だった頃に、悲しくてたまらない出来事を経験したことでしょう。その悲しい日々のことを、どうか思い出してください。その話題が出るたびに大きくなった悲しみを、もういちど思い出してください。中道省一君を、そっとしておいてください。取材なさりたい方は、わたしか担任教師を通していただきたい。おねがいします。」

校長のこの話は、テレビやラジオのニュースで放送された。だから、ぼくが記者やレポーターから質問をうけることは、ほとんどなくなってしまった。

その時のぼくの本当の気持ちをいうと、これは少し残念だった。

まぶしいライトに照らされて、テレビカメラの前で話をするのは、頭がボーッとなるくらい興奮しておもしろかったんだもの。

十人も二十人もの記者たちが、次から次へと質問してくる。

だれに何をどう答えていいのか、だんだん頭の中がこんがらがりそうになる。

そこを、ひっしでまちがえないようにする。

それは、テレビゲームをしている時の感じとよくにていた。ちょっと気をぬくと、たちまちゲームが終わってしまう。そうはさせるものか、とがんばる。その時の緊張のしかたとそっくりだったんだ。

母が死んだ後だというのに、こんな言い方をするのは変かもしれないけど、その頃のぼくは、とてもたいくつしていた。家の中は一日中ひっそりしていたし、友だちも遊びにこなかった。そんな時に記者の人たちと話すのは、本当におもしろかったんだ。

「子どもの心は傷つきやすい」と、校長先生は言ったけれど、それと同じぐらい、「子どもの心は、たいくつしやすいものなんだ」と、ぼくは思っていた。

母はよく「省一は、たいくつ病にかかっているんだわ」と、言っていた。そんな病気があるのかどうか知らないけれど、自分でもその通りだと、ぼくは思っていた。

そのたいくつをまぎらわせるために、ぼくはある時、あることを思いついた。

毎日の出来事を、なるべくこまかくテープレコーダーに録音しようと思ったんだ。

それが、ちょうど一年前のことだ。

そして、その頃から、我が家に連続変死事件が起こりはじめた。

警察は、まだ犯人を捕まえていない。

このテープはきっと警察の役に立つと思う。というよりは、このテープを聞かなければ、警察は犯人を捕まえられないと思うんだ。

では、聞いてください。あの一年前の日のことから、順を追って話をするから——。

第一章

1　雪のひな祭り

一年前の三月三日。土曜日。

ぼくは、この日のことをよくおぼえている。いまから思うと、この日が、その後に起こったすべての事件のはじまりの日だったんだ。

この日のことをよくおぼえているのは、めずらしい出来事がいくつか重なったからだ。

その一つは雪だ。

前の日までは暖かかったのに、この日は二時間目ぐらいから雪が降りはじめた。

クラスの女の子たちは、ひな祭りの日に雪が降るのはめずらしいといって、すこしはしゃいでいた。そのウキウキした気分が男子にもうつったらしくて、四時間目が終わった時に柴田浩（しばたひろし）が、あとで松倉美知子（まつくらみちこ）の家へ遊びにいかないかと、さそってきた。

松倉美知子も横から、白酒や五目寿司もあるけど、最近すごくじょうずに焼けるようになったクレープをごちそうするからと、教室中に聞こえるような大きな声で言った。ぼくを招待するというより、わたしはクレープがつくれるのよ、ということを宣伝したがっているみたいだった。ぼくは、さそいをことわった。その日の午後は、もっとめずらしい出来事が待っていたからだ。それは、我が家の引っ越しだった。

ぼくの家は、ある私鉄電車の駅からバスで十五分ほどの、丘のとちゅうにあった。駅前に商店街があって、その横を川が流れている。川にそったバス通りを、山へむかってゆるやかにのぼっていくと、左手に、その丘がある。

引っ越していく家は、その川をはさんで、ちょうどむかい側の丘にある。もとは、栗やみかんの林だったところを切り開いて、新しい家を建てたんだ。

新しい家は、前の家にくらべると、だんちがいに大きかった。最新式の冷房や暖房の設備もそなえてあったし、住むところとは別に、父の仕事のためのスタジオも建てられた。父は写真家なんだ。

それまでの父は、東京のスタジオで仕事をしていた。ほとんど毎日とまりがけで仕事をしていて、家に帰ってくるのは、十日か二週間に一度だった。でも、これからは家でも仕事ができる、と父はよろこんでいた。

建物のまわりの敷地も広かった。栗とみかんの木が、あわせて三十本ほどあったし、なぜかりんごの木も一本だけ、仲間はずれにされたように残っていた。そのまわりには、雑木林もあった。

ぼくは、この新しい家が気にいった。何か、いままでとはちがった遊びができそうな、そんな予感がしていた。ただ、ひとつだけ不満があった。それは、引っ越しと同時に転校できなかったことだ。せっかく引っ越すんだから、友だちも新しくしたかったんだ。

松倉美知子のさそいをことわって、ぼくは雪の降る道を、まっすぐ新しい家へとむかった。朝、まえの家を出るとき母が、

「省ちゃん、大事な物をはこびわすれるといけないから、一度こっちへもどっていらっしゃいよ。お母さんには、どれが大事な物かわからないわよ。」

と言ったけれど、すてられてこまるようなものなんてなかった。

洋服だの勉強道具だのは、母がわすれるはずがないし、わすれるとしたらプラモデルとかゲーム盤とかの、こまごましたおもちゃだけだ。そんなものは、なくなったってどうってことはない。どれもこれも、みんなあきあきした物ばかりだった。

ぼくが新しい家につくと、すぐ後から兄が帰ってきた。それから一時間ほどして、姉も帰ってきた。家族が全員そろったところで、一休みすることになった。

新しい家での、最初のお茶の時間だった。紅茶をのみながらぼくは、ちらっと考えた。松倉美知子の焼いたクレープってどんな味なのだろう……。

その時、玄関のチャイムが鳴った。新しい家にきた、初めてのお客だった。そのお客が、この日三つ目のめずらしい話題をはこんできた。

「今日引っ越しだって聞いたものですから、手つだうことでもあればと思って。」

玄関で母と話す男の声が聞こえた。太くて、よくひびく声だった。

やがて母のうしろから、背の高い男の人が姿をあらわした。長四角の顔に、うす茶色の大きな丸いサングラスをかけていた。父が立ち上がってむかえた。

「手つだい？　調子のいいこと言うじゃないか。本気で手つだう気なら、朝からくるはずさ。」

「ま、そう言わないでよ、勇さん。これでも、しゃかりきに仕事を片づけて、ボロ車にむりさせながら、雪の高速をぶっとばしてきたんだから。」

男の人は父を「勇さん」と呼んだ。父の名は勇一郎だ。二人のあいだには、古くからの友だちといった雰囲気があった。母もその人と知り合いなのだろう、にこにこしながら二人を見ていたが、思い出したように、ぼくたち三人の子どものほうへふりかえった。

「それじゃ、あなたたちは自分の部屋へいらっしゃい。まだ片づけ物があるでしょう。」

「いや、ここにいなさい。」

父がぼくたちをひきとめた。

「彼は私たち家族全員と会いにきたんだから。そうだろ尚平(しょうへい)。例の話できたんだろ。」

「と、言ってくれると話が早い。そういうことだ。」

「じゃ、さっそく紹介しよう。」

「待ってくれ。外に三人ばかり待たせてある。じつは、スタッフもつれてきた。」

男の人が大声をあげた。待ちかまえていたように、三人の男が部屋にはいってきた。

全員がそろったところで、あらためて父が家族の紹介をはじめた。

「家内の由美子です。」

「私と四歳ちがいだから、四十二かな。」

「歳なんか、よろしいじゃありませんか。」

と、母はきまりわるそうに頬をおさえた。

「それが、よろしくないんだ。ことによったら歳だけじゃなく、何もかも知られることになるかもしれない。まあ、その話は、あとで尚平からしてもらうことにして——」

父は姉の肩に手をおいて、四人の客のほうへかるくおし出すようにした。

弟のぼくから言うのはてれくさいけど、姉はすごい美人で、父の自慢だった。

「娘の一美です。この世でいちばん美しい娘になるようにと、願いをこめてつけた名前でしてね。どうです、まあまあでしょう。」

「たしかに、きれいだ。」

「尚平さんから聞いてはいたけれど、予想以上ですわな。」

「タレントになる気はないの？」

「先生は、お嬢さんをモデルにして写真をお撮りにならないのですか。」

「おいおい、勉強不足だな。中道勇一郎氏の代表作のひとつが、一美さんをモデルにした写真じゃないか。」

そんなことを、客たちは口々に言った。姉は、はにかんだような顔も見せずに、ほほ笑んでいるだけだった。美しい、と言われることになれているんだ。

「一美は、この四月で高校二年になります。もうじき十七歳。ますますきれいになる年頃だから、親としては気がかりなことも、ね。」

「ぼく、長男の行一です。」

父のことばをさえぎるようにして、兄が自己紹介をはじめた。兄は、父が姉をほめると、きまって不機嫌になる。顔を赤くして、むきになる。そして、自分のことを話しはじめる。

「四月から中二です。趣味はパソコン。ぼくの学校では、ほかに十人ぐらいしかパソコンをもっていません。けど、そのうちの五人ぐらいは、もうじき卒業するんです。それに、ぼくみたいな高級な機種をもっている生徒はほかにいません。だから、中二になったら、ぼくはパソコン部をつくって部長になるつもりです。いまはパソコン部がないから、ぼくは科学部にいるんだけど――」

「行一、やめなさい。話題をかってに変えるもんじゃない。」

こわばった父の声で、兄は口をつぐんだ。うっすらと涙のにじんだ目を、せわしなくしばたたかせた。兄は、自分の思い通りにならないと、すぐにカッとして涙をうかべる。

そんな兄から、お客の気をそらせるように、母がぼくを紹介した。

「この子が、いちばん下の省一です。四月で六年生。最高学年になるというので、はりきっておりますの。」

ぼくは、はりきってなんかいなかったけど、とにかく頭をさげた。

「そしてわたしが中道勇一郎、四十六歳。これがわたしの家族です。この人が西浦尚平さん。」

父が、丸いサングラスの男の人を、ぼくたち家族に紹介した。

「わたしとは、二十年以上も前からの友だちで、もとは俳優さんだ。いまはコマーシャルの演出家をしている。」

　その人は、むきっと大きな歯を見せて笑い、短く刈った髪に手をやった。その手は頭を半分ぐらいつつみこむほど大きかった。西浦尚平さんは、なんとなく気楽に話せる感じの人で、その後ぼくは、尚平おじさんとよぶようになった。

「では、こっちの番だな。こちらが、広告代理店トレンド社の森山プロデューサー。」

　と、その尚平おじさんが、一人だけきちんと背広を着た男の人を、まず紹介した。

「森山雄三（もりやまゆうぞう）です。よろしくおねがいしますわ。ああ、そうだ。関係ありませんけど、みなさんの歳を聞いたので、わたしも言いますわな。先月で四十五になりました。」

　森山さんは、キンキン声の早口でしゃべった。やせて背が低かった。話すとき、首をせわしなく前後にうごかすので、どことなくカマキリに似ていると思った。

「そのとなりが、カメラマンの谷口さん。」

　尚平おじさんが、紹介をつづけた。ちらりと兄を見て、こうつけくわえた。

「カメラマンといっても、きみたちのお父さんとはちがって、映画のカメラマンだ。」

「谷口紀夫（たにぐちのりお）です。中道さんには、一度お目にかかりたいと思っていました。こんどの仕事を楽しみにしています。」

　がっちりとしたからだの人だった。つやつや光る黒いブルゾンの、まくりあげた袖から出ている腕や、おなじ黒いズボンにつつまれた太ももは、いかにも力が強そうだった。

「歳も聞きたいですわな。」

森山さんが、ふざけた調子で言った。谷口さんが、ぶっきらぼうにこたえた。

「三十三。」

「そのとなりが秋山君。」

尚平おじさんが、四人の客の中で、いちばん若い人を最後に手でしめした。

「秋山淳、二十三です。」

「秋山君は進行係です。CF（コマーシャル・フィルム）を撮るための準備を、何から何までやってくれます。いちばんいそがしい人です。」

「雑用係ですよ。」

秋山さんは、ちょっとすねた顔をしてみせて、みんなを笑わせた。


母と姉がコーヒーとケーキをテーブルにならべた。

「さて、今日おじゃましたわけを話しましょうか。」

コーヒーをすすって、尚平おじさんが、ぼくたち家族五人の顔をゆっくりと見まわした。

「以前から《幸せな家族》というシリーズのコマーシャルを考えていましてね、ある保険会社のコマーシャルなんです。だれが見ても、信頼しあい、愛しあっている家族を、一年間フィルムに収めようってわけです。もちろん毎日というわけじゃありません。一週間か十日に一度ぐらいでいいんです。特別なことをしてもらうわけでもありません。毎日の生活の、ごくふつうな姿を撮影するだけです。本当に幸せな家庭というものは、ありのままを撮るだけでも、見る人にすばらしい感動をあたえるはずだと思っているんです。」

「そんな家族が、どこかにいないかとさがしておったんですわ。」

森山プロデューサーが、口をはさんだ。

「そうしたところ、西浦君が中道先生の御家庭を思い出してくれたというわけですわ。いやあ、こうやって拝見していて、まことにその通りだと思いました。わたしの家なんか、女房は年がら年じゅう目を三角にしているし、子どもは一日中ふくれっ面をしているし、不幸せな家族の見本みたいなもんですわ。」

「まあまあ、おさえて、おさえて。」

尚平おじさんが、森山さんの口を大きな手でふさぐまねをした。

この人たちのやることは、いつも大げさで、どこまで本気か冗談かわからなかった。

「ま、そんな幸せな家族でも、一家の働き手が交通事故にあったり、家が火事で焼けてしまったりしては、たちまち不幸せな家族になってしまう。そうならないために、保険の大切さをわかってもらおうというコマーシャルなんです。」

「つまりですね。」

森山プロデューサーが、からだをのりだした。

「悲しい不幸せな家族よりも、幸せいっぱいな家族を見てもらったほうが、保険の大切さを理解してもらえるのではないか、と考えたわけなんですわ。」


「その《幸せな家族》のモデルに、うちがえらばれたというわけだ。どうだ、コマーシャルに出演してみるか。」

尚平おじさんの話が、ひとまず終わったところで、父がそう言った。

父が家族にむかって、こんなふうに相談をもちかけることなんか、めったになかった。たいていのことは、いつも父がひとりで決めていたし、ぼくたちもそういうものだと思っていた。その時の父は、たぶんめちゃくちゃ機嫌がよかったんだろう。

「あの、あなた……」母が父の腕をつかんだ。「そんなこと、急に言われても。わたくしの顔がテレビに出るなんて……。いいえ、絶対にいやだというのではありませんのよ。ただ……、どうしましょう……」

母はこまっていた。もともと母は、あまり人の前にでることがすきではなかった。恥ずかしがりやのせいもあったし、目立つことがきらいだった。そして母は、人にむかって「いやです」と、はっきり言えないたちだった。だから、本当にこまっているようだった。

父は、顔を母から姉にうつした。

「一美は、どう思う?」

「いいお話だと思います。あたくしは出てもかまいません。」

「そうか、かまわないか。よし、ひきうけよう。」

父が姉の意見だけで決めようとしたので、母があわててとめた。

「行一たちの意見も聞いてくださらないと――」

そんなことは聞かなくてもわかっている、といった顔で、父が兄に目をやった。

「どうだ、行一。コマーシャルに出るか。」

「出る。ぼくの学校にも、ひとりだけコマーシャルに出たヤツがいたんだ。劇団にはいっていた女の子でさ、ラーメンのコマーシャルのはじっこにチラッと見えただけなんだけど、やたらに得意がっているんだよね。」

父が、うんざりした顔でのどを鳴らした。でも、兄は気がつかなかった。

「でもさ、その女の子、もう転校しちゃったんだよね。それに、こんどの場合は、チラッと出るだけじゃないでしょ。いいと思うなあ。ぼく、すごく幸せそうなところを見せてやるよ。」

「省一」父が、ぼくの名前をよんだ。兄のおしゃべりにがまんできなくなったようだ。ぼくは、すばやく母を見た。母は、まだこまったような顔をしていた。

「お母さんが、出るのいやじゃなかったら……」

「あまったれるなよ。」

兄がテーブルの下で、ぼくの足をけった。

「そんなこと、自分で決めろよ。いちいちお母さんにきくなよ。」

「よし、こうしよう。」

尚平おじさんが、大きな手を打った。

「どうだろう、勇さん。とにかく撮影だけは、いまからはじめさせてもらえないか。そのフィルムを放送してもいいかどうかは、もうすこし相談してから決めてくれればいい。じつは、今日とつぜんきたのも、《幸せな家族》が新しい家に引っ越しをした、その一日目から撮りたかったからなんだ。みんながOKしてくれた時のことを考えて、今日から撮影をはじめたいんだ。どうでしょう、奥さん。そうさせてくれませんか。」

母は、助けをもとめるような目で父を見た。兄が何か言いかけた。その兄をひとにらみして、父が森山プロデューサーにうなずいてみせた。

尚平おじさんが立ちあがった。カメラマンの谷口さんと進行係の秋山さんが、すぐに後を追った。撮影の準備にとりかかったんだ。

森山さん一人が、あとにのこった。

「話がまとまってしまうと、プロデューサーは、急に暇だらけになるんですわ。」

ゆっくり立ちあがって、森山さんは窓の外に目をやった。そして、つぶやいた。

「桃の節句に降る雪か……。いつまでも記憶にのこりそうな気がしますな……」

2　はじめて聞く歌

《幸せな家族》の撮影チーム、つまり演出家の西浦尚平さん、カメラマンの谷口紀夫さん、進行係の秋山淳さんの三人は、五日か一週間に一度ぐらいの割合で、うちへくるようになった。

森山プロデューサーはこないことも多かった。きても、一時間か二時間するとひとりで先に東京へ帰っていった。

尚平おじさんたちの仕事ぶりも、のんびりしていた。母が、まだまよっていたからだ。

もちろん、ぼくたちを撮影することもあったけれど、たいていは家のまわりを歩きまわったりしていた。ロケハンといって、雰囲気のある映像ができる場所をさがしているのだそうだ。ぼくの学校へ来て、校庭をながめている日もあった。兄の中学校や姉の高校へもいったらしい。駅前のスーパーや喫茶店でも顔なじみになったと、おもしろそうに話したりすることもあった。

尚平おじさんたちのことは、とうぜん近所でも評判になった。はじめのうち、母は恥ずかしがって、買い物にいくのもいやがった。でも、やがてなれてきたらしく、ある日となりのおばさんに、「進行係の秋山さんは、とても働き者なんですよ」と、言っていた。

ぼくはその様子を、庭の垣根ごしに尚平おじさんと見ていた。

「どうやら、いまがチャンスだな。」

と、尚平おじさんが、例によって大きな歯をむきっと見せて笑った。

「チャンス？」

「コマーシャルに出ることを、きみのお母さんに承知してもらうことさ。いまならＯＫしてくれそうだ。そうなったら、きみも賛成してくれるだろう。」

「うん。」

それは、あしたから春休みという、暖かい日の午後のことだった。その日の夕方、うちの家族のコマーシャル出演が正式に決まった。

そしてその夜、尚平おじさんは、うちにとまることになった。

谷口さんと秋山さんは、いよいよ本格的な撮影がはじまるというので、その準備のために、ひとまず東京へ帰った。

「春休みのあいだは、毎日のようにきますよ。」

晩ご飯の時、尚平おじさんは、そう言って父と乾杯した。

「なんてったって、家族全員がそろっているところを撮りたいからね。春休みは絶好のチャンスだ。」

「待てよ、尚平。」

父がウイスキーのグラスをおいて言った。どきっとするような冷たい声だった。

「子どもたちは春休みだけど、おれの仕事にゃ春休みはないぞ。そうそう尚平にばかりつきあっちゃいられないからな。」

「わかってるって、そんなこと。いやだなあ、マジな顔しないでくれよ。二十年来の友だちだぜ、勇さんの仕事のじゃまをするわけないじゃないか。」

尚平おじさんは、父のいやみな言い方も、全然気にならないようにこたえて、ぼくたちのほうへ、丸いサングラスのむこうからウインクしてみせた。

「きみたちのお父さんの欠点は、仕事しすぎってことだ。でも、それは長所でもある。お父さんがバリバリ働くおかげで、きみたちもこんなにすごい家に住めるんだからな。」

「そうさ、おれは仕事をする。金を稼ぐ。稼げる時に、稼げるだけ稼ぐんだ。」

父は怒ったような声をはりあげ、ウイスキーを飲みほした。

「尚平、おぼえているだろ。若い頃のおれたちは、ずいぶん貧乏だった。まるで仕事がなかったものな。」

父が、急にしんみりした調子で話しだした。

「おれはね、あのとき思ったわけさ。なんでもかんでも仕事をしてやろうってね。稼ごうと思ったよ。それが身にしみついちまった。仕事をしていないと、いつまた貧乏になるかもしれないって、すぐに不安になるんだ。しかしね、そんな自分がきらいではない。おれが稼げば、女房や子どもたちは、すきな物をすきなだけ買えるようになるんだ。そうすりゃ、不満なんて感じないですむ。」

「そうだよ、勇さん。だから勇さんの家族は、いま幸せな家族になっている。」

「そうか、そう思うか。尚平、おまえは目が高い。我が家をえらんだのは大正解だ。我が家こそ、じつに幸せな家族なんだ。」

父は、すこし酔っているようだった。

次の朝早く、谷口さんと秋山さんがきた。はりきっていた。

でも、撮影は開始されなかった。父がスタジオに入ったきり出てこなかったんだ。

昼ごろ、秋山さんが父の様子を見にいった。ところが、すぐに青い顔でもどってきた。

「仕事のじゃまをするな、馬鹿」と、どなられたのだという。

父がスタジオから出てきたのは夕方だった。そして、「いまから東京のスタジオへいく。あしたから、一美をモデルにして、むこうで写真を撮る。今夜から、その準備をするんだ」と、とんでもないことを言い出した。

「一美は、あしたくればいい。腰をすえて四、五日ゆっくり撮るからな。そのつもりで、したくをしておきなさい。」

あっけにとられているぼくたちをのこして、父は車に乗りこんだ。


「すみません、わがままな人で……」

母が尚平おじさんたちにビールをすすめながら、消えてしまいそうな声であやまった。

「気にすることはありませんよ。勇さんの性格は、よく知っていますから。たぶん、いいアイディアが浮かんだんでしょう。彼は、本当に仕事がすきなんだ。アイディアが浮かんだら、ほうっておけない人なんですよ。」

尚平おじさんは、大きな手で頭をペタペタたたきながら、のんびりとこたえた。

「それより、奥さん。今夜はぼくたち三人をとめてくれませんか。もうすこし行一君や省一君のことを知りたいんです。パソコンの話を聞いたり、ゲームをしたりしてね。」

「どうぞ。ぜひ、そうなさってください。」

母は、ほっとしたようにほほ笑んだ。そして、ぼくのほうをチラリと見た。

「省一は、西浦さんがいらっしゃってから、すっかり変わったんですのよ。」

「ぼくが、変わった？」

と、ききかえしたぼくにはこたえないで、母は尚平おじさんに言った。

「省一は、あきっぽい性格なのでしょうか、どんなおもちゃも、どんなスポーツも、夢中になるのは初めだけ。すぐに『たいくつだ、たいくつだ』って言うんですのよ。それが、西浦さんたちがいらっしゃってからは、いちども『たいくつだ』と言いません。省ちゃん、あなた自分でも気がつかなかったでしょう。」

たしかに、そうだった。母は、ぼくの気がつかないところで、ぼくのことをよく観察していたんだ。きっと、それまでもずっとそうだったんだ。

「省一の場合は——」

と、尚平おじさんが大きな手で、ぼくの頭をグリグリうごかした。おじさんが、ぼくの名前を「省一」と呼びすてにしたのは、その時がはじめてだった。「君」をつけられなくても、いやな感じはしなかった。

「省一の場合は、あきっぽいんじゃないと思うな。本気で夢中になるものを、まだみつけられないでいるだけなんじゃないのかな。」

「まあ、そんなところだろうな。」

谷口さんがあいづちをうった。それを聞いて、母が安心したように顔をほころばせた。

「あのう……」

秋山さんが、遠慮っぽく口をはさんだ。

「省一君が、すぐにあきるのは、なんでも買ってもらえるからじゃないんでしょうか。ぼくなんか、省一君たちを見ていると、すごくうらやましいんだけど、欲しい物をなんでも買ってもらえるのって、あんまりいいことじゃないと思うんですよね。欲しくて欲しくてたまらなくて、やっと手に入れた物だったら、すぐにはあきないと思うんだけど……」

「そうかね。」

谷口さんが、秋山さんのグラスにビールをついだ。

「そいつは、生活指導の先生みたいな意見だな。だいいち金じゃ買えないものだって、けっこうあるぜ。それより、楽しみが金で買えると思うのが、そもそもまちがいじゃないのかね。」

「その意見は正しいような気がするね。」

と、尚平おじさんがうなずいた。

「金で買えない楽しみは、いろいろあるしな。人によっては、ぶっそうな話だけど、人殺しが楽しみだなんて、恐ろしいことを言うヤツもいる。」

「まあ、そんなこと――」

母が顔をしかめた。尚平おじさんが、あわててつけくわえた。

「すいません、馬鹿なことを言って。ふと、ある歌を思いだしたものだから……」

「どんな歌？」と、兄が目をかがやかせた。

「いや、なんでもない」と、尚平おじさんが首をふった。

「ちょっとだけ歌ってよ。ぼく、ギターをもってくるから」と、兄が腰をうかした。

兄は、人のいやがることを、むりにさせるのがすきだった。こまっている人の顔を見るのがすきなんだ。この場合は、母と尚平おじさんの二人が、兄の餌食になった。

「ぼく、ギターも弾けるんだ。かんたんな伴奏なら、すぐにできるんだ。ギター部があったら、入ろうかと思ったぐらいだから。けど、ブラスバンド部しかないから……。とにかく、ちょっと待ってて。すぐ、ギターをとってくるから。」

兄は、見せ場ができたことをよろこんで、部屋をとびだしていった。こうなったら、尚平おじさんも歌わないわけにはいかない。兄のしつこさには、だれも勝てないんだ。尚平おじさんが、なんどかメロディーを口ずさむと、兄は自慢するだけあって、すぐに伴奏ができるようになった。

ぼくはテープレコーダーを用意した。いい歌だったら、おぼえようと思ったんだ。これが、あとで大きな意味をもってくるなんて、その時のぼくは、もちろん想像もしなかった。

「それじゃ、歌うよ。題は〈その頃はやった唄〉だ。」

尚平おじさんが、兄のギター伴奏で歌いだした。低いけれど、よくひびく声だった。

それは、ある家族が次々と殺されていくことを歌った歌だった。

「恐ろしくて、悲しい歌ですのね。」

歌が終わると、その時を待ちかねていたように、母が大きなため息をついた。

「おしえてくれ、おれもおぼえたい。」

谷口さんが手帳をとりだした。歌詞を書きとるつもりのようだった。

「しかたがないな。それじゃ、もういちどだけだぞ。」

「もう、よしましょう。」

と、母がせつない声でつぶやき、姉が、ギターで前奏をはじめた兄の手をおさえた。

「西浦さんは、俳優だったそうですね。ほんとにいいお声だと思います。せっかくですから、母に何か別の楽しい歌を聞かせてやっていただけませんか。」

「そうだな、それがいい。」

谷口さんが、あっさり手帳をひっこめた。

「それに、いまの歌、子どもにはあまり歌わせたくないな。」

その時から、その歌のことはしばらくわすれられた。

次にその歌のことが話題になったのは、それから十日ほどたった朝のことだった。

そして、その朝というのは、父の死体が発見された朝のことで、ぼくの家で起こった連続変死事件の、そのはじまりを告げる朝のことだった。

3　最初の死体

父の死体を最初にみつけたのは、広告代理店トレンド社の森山プロデューサーだった。

四月六日午前八時頃のことだ。

ぼくたちは、朝の食事をはじめようとしていた。テーブルには、ぼくと姉と兄のほかに、尚平おじさんとカメラマンの谷口さん、それに進行係の秋山さんがついていた。母は、す

A
その頃はやった唄
murder

ぐ横の調理台で、野菜か何かを切っていたような気がする。父のためにジュースをつくっていたんだと思う。父が死んでいることも知らずにだ。

そんな時、庭のほうから森山さんの叫び声が聞こえてきたんだ。父の死体の発見を知らせる声だった。


それより三十分ぐらい前、ぼくは母の声で起こされた。

「いつまでも春休み気分で、朝寝坊していちゃだめよ。」

「あさってから新学期でしょ。朝寝のくせがついているとこまるわよ。」

「省一、いいかげんに起きなさい。西浦さんといっしょに朝ご飯を食べるんでしょ。」

何分おきか知らないけど、母はなんども部屋にきて、そんなふうに声をかけてくれた。

それで、やっと目がさめた。ひどい寝不足で頭が重く、胸のあたりがムカムカしていた。

「どうした。顔色がわるいな。」

歯をみがいていると、うしろに尚平おじさんが立った。

「ゆうべは、あれからすぐに寝たんだろ。それとも、おそくまで遊んでいたのかい。」

歯ブラシをくわえていたぼくは、目だけで朝のあいさつをして、尚平おじさんの質問には何も答えなかった。

ぼくと尚平おじさんがテーブルにつくと、姉が紅茶をつぎはじめた。森山さんが読んでいた新聞のかげから顔をのぞかせた。

「春休みは、あしたまでですわな。」

「はい」と、うなずいたぼくの横で、尚平おじさんが言った。

「撮影なら、なんとかなるさ。あせるのはよそうよ。」

「しかし、せっかく家族が全員そろっているんだから……。チャンスを逃すのはおしい。」

森山さんが残念がる気持ちは、ぼくにもわかっていた。森山さんたちは、春休み中に《幸せな家族》の撮影を、もっとたくさんすませておきたかったんだ。

けれど、父は仕事がいそがしいらしくて、ほとんどスタジオから出てこなかった。それまでに撮影したのは、父をのぞく《幸せな母子家庭》みたいな場面ばかりだった。

「大丈夫だよ。ゆうべ勇さんも言ってたじゃないか。今日は撮影につきあってくれるって。」

森山さんにそう言って、尚平おじさんは台所にいる母の背中に声をかけた。

「勇さんは、ゆうべ徹夜したようでしたか。」

「と思いますけど……」

母は背中をむけたまま、あいまいにこたえた。包丁の音が急に大きくなった。その話を続けたくないと言っているような音だった。

それも、そのはずだ。父は毎晩のように、「あしたこそ、撮影につきあうよ」と言うのだけれど、朝になると、「徹夜したんだが、仕事は終わらなかった。今日も撮影につきあえそうもない」と言い出すのだった。「すまない」の一言も言うわけではなかった。

その朝も母は、前の夜に父が言った約束のことばを、あまり信じていなかったんだと思う。だから、あいまいにこたえたんだ。

「ちょっとスタジオをのぞいてきますわ。」

森山さんが立ちあがった。

「今日は、なんとか撮影につきあってもらいましょう。春休みは、あと二日しかない。それを言えば、中道さんもその気になってくれると思うんですわ。」

「それじゃ、ぼくが――」

「いやいや、尚平さんじゃないほうがいい。こういう時は、仕事の話と割り切って話せる人間のほうがいい。それに、撮影に必要な金と時間と人をあつめるのが、プロデューサーの役目ですからな。わたしも少しは仕事の腕をみせないと……」

そう言って森山さんはダイニング・ルームをとびだしていった。そして数分後、叫び声が聞こえてきたのだった。

「なんだって？」

谷口さんが顔をしかめて、まわりの雑音の中から、森山さんの声を聞きとろうとした。母も包丁をもつ手をとめてふりかえった。

姉がするりと席を立って、テレビの音を消した。部屋の中が、すっと静かになった。姉はいつでも、こんなちょっとしたことに気がまわった。そういう頭のよさが、ぼくはすきだった。

森山さんの声が、はっきりと聞きとれた。「奥さん」とか、「大変だ」とか、「中道さんが」とか、「尚平さん」とか、いろんなことを叫んでいた。

森山さんの足音が玄関でとまった。同時に「死んでる」ということばが聞こえた。

「何が死んでるんだって？」

と、兄が間のぬけたことを言った。それにはだれもこたえなかった。

父と話をしにいった森山さんが、ひどくあわてて「死んでる」と言っているのだから、父のことにきまっている。庭にまぎれこんできた犬や猫や小鳥の死骸をみつけたからといって、森山さんが大さわぎするわけがないんだ。兄は、そういうところがトロかった。

自分の言ったことに、だれもへんじをしてくれないものだから、兄は無視されたと感じたらしい。おもしろくなさそうな顔で、目玉焼きにフォークをつきさしていた。

尚平おじさんが立ちあがった。いすが音をたててたおれた。それが合図だったように、みんながいっせいにうごきはじめた。

スタジオのある建物は、母屋の東側に建っている。一階が倉庫とガレージで、二階がスタジオになっている。この建物は二階建てだけれど、外からだと三階建てに見える。スタジオの天井には、写真の撮影につかう照明用のライトがいくつもつるしてあって、その高さがふつうの家の二倍ぐらいある。だから、外からだと三階建てに見えるんだ。

重要なことだから、いちおう説明しておくけど、スタジオにあがる階段は、二つある。

一つは、建物の外側についている階段だ。これは、スタジオのドアの前で〈く〉の字形にまがっていて、そのまま屋上までつづいている。この階段のとちゅうにあるドアが、スタジオの玄関というか、正式な入り口だ。

もう一つは、建物の中にある。一階の倉庫とスタジオをつないでいる階段だ。この階段をつかうのは父だけだった。倉庫には、父の仕事の道具しか入っていなかったし、外から倉庫を開ける鍵は、父しかもっていなかったからだ。

ただ、スタジオに入るには、もう一つ方法がある。〈く〉の字形にまがっている階段で屋上にあがり、マンホールのふたみたいな鉄のとびらを開けて、鉄のはしごでスタジオにおりる方法だ。でも、そのマンホールのふたのようなとびらは、外から開けることはできない。内側についているコックをはずして、おしあげないと開かないんだ。


ぼくたちは、ひとかたまりになって、スタジオの中へかけこんだ。

父は、入り口のドアからいちばん遠い、むかい側の壁の前にたおれていた。

スタジオの床はコンクリートで、白っぽい灰色の床には、あちこちに血のかたまりや、ひきずったあとがあった。血でよごれたその床には、何十枚もの写真がちらばっていた。週刊誌ぐらいの大きさの、白黒(モノクロ)の写真だった。写っているのは、どれも姉の一美だった。

床には、そのほかに切り裂かれたパネルの破片や、割れたガラスなどもあった。

「あのナイフで……」

と、尚平おじさんが、父の死体のそばに落ちているカッターナイフを指さした。赤い大型のカッターナイフだった。谷口さんがつぶやいた。

「まるで、あの歌みたいじゃないか……」

歌というのは、十日ほど前に尚平おじさんが歌った、〈その頃はやった唄〉のことだ。その歌の中に、父親がナイフで殺される、というところがあるんだ。

「よせ」尚平おじさんが、谷口さんをにらみつけた。「馬鹿なことを言うんじゃない。」

その時、秋山さんが何かつぶやいた。ぼくたちが、いっせいに秋山さんのほうへふりむいた。秋山さんの顔は青くひきつっていた。

母がうめき声をあげた。父の死体にむかって、よろけるように近づいた。谷口さんが、その母のからだをうしろからだきとめた。

「警察を呼びます。警察がくるまでは、このままにしておくんです。」

母のうめき声が、大きな泣き声に変わった。

警察がくると、スタジオのまわりには、すぐにロープがはられた。

若い刑事がきて、ぼくたちは母屋の洋間に入れられた。うちでは、応接間のことを洋間と呼んでいるんだけど、その洋間で待っているようにと、若い刑事は言った。

「死体を発見した時この家にいた人は、全員そろっていますね。」

「ええ」ぼくたちを代表するように、尚平おじさんがうなずいた。

「みなさんは、しばらくこの部屋から出ないでください。」

そう言いのこして、若い刑事がドアをしめたあとは、だれもほとんど口をきかなかった。

声をあげて泣いていた母も、やがてソファの背に頭をもたれさせて目をとじた。からだの力がぬけてしまったようだった。ただ、一度だけこうつぶやいた。

「いつまで、あのままなのかしら……」

それが、父のことをいっているのだと、ぼくにもすぐにわかった。血だらけのまま、冷たいコンクリートの床に、いつまでほうっておかれるのだろうか、と、母はたまらなく悲しい気持ちでいたにちがいない。

「もう少しがまんしてください。もうじき警察の調べもすむでしょう。そうしたら——」

谷口さんは、最後まで言わずに口をとざした。そのあとは、みんなだまりこくった。

兄の泣き声だけが、ベソベソとしつこくのこった。その声を聞いているうちに、ぼくはイライラしてきた。父がいる時には大人しくて、父がいない時には、家族の中でいちばんいばっているのが兄だった。

「お父さんは死んだんだぞ。永遠にこの世からいなくなったんだぞ。もっとえらそうに、すきなだけいばっていればいいじゃないか。」

ぼくは兄に、そう言ってやりたかった。

姉がいちばんしっかりしているように見えた。ドアの横で、しゃきっと背中をのばして立っていた。姉の正面の壁には、こげ茶色の額に入った写真がかかっていた。何年か前に父が撮った写真で、中学生になりたての頃の姉が写っていた。

姉は、その白黒(モノクロ)の写真をみつめているのだった。

若い刑事が洋間のドアを二度目に開けたのは、十時半頃だった。その刑事のうしろから、五十歳ぐらいの刑事が入ってきた。

その刑事は重田(しげた)だと名のり、若いほうの刑事を梅沢(うめざわ)だと紹介した。

「奥さん、お話をうかがいたいのですが……」

重田刑事は、言いにくそうだった。母は目をとじたまま、小さくうなずいた。

「できれば、あちらの部屋で……」

「わたしが代わりに話してはいけませんか。」

尚平おじさんが立ちあがった。

「奥さんに話をさせるのは、まだちょっとむりのようです。」

「あなたは?」

「西浦といいます。亡くなった中道さんとは、古くからの親友です。」

寝不足なのか、重田刑事はしきりに指先で目をこすりながら、すこしのあいだ何か考えるような顔つきをした。

「いいでしょう。おねがいします。」

重田刑事と尚平おじさんが部屋を出た。若い梅沢刑事も、「みなさんは、もうしばらくここにいてください」と、ぼくたちに言って、ドアのむこうへ姿を消した。

「事情聴取か……」

谷口さんが、ため息をついた。

はっとしたように顔をあげて、秋山さんが谷口さんにたずねた。

「事情聴取って、ぼくたちも調べられるんですか。」

「取り調べ、というわけじゃないから、そんなに心配することはない。ただ……」

谷口さんが声をひそめた。母に聞かせないように、気をつかったんだ。

「中道さんは自殺したのか、それとも殺されたのか……。どっちにしても、警察は原因をつきとめなければならない。ゆうべから今朝にかけてこの家にいた者は、いろいろと質問されるはずだ……おい、秋山……。どうしたんだ。」

秋山さんは、はげしくふるえていた。

「ぼくの、ぼくのカッターナイフ……」

「おまえのカッターナイフが、どうしたって？」

「あそこに落ちていたのは、ぼくの……」

「あっ」谷口さんがソファから腰をうかした。「そういえば、ゆうべ、おまえは……」

父の死体のそばにころがっていた大型の赤いカッターナイフは、秋山さんのものだった。

母がとじていた目を、かっと開いた。

森山さんが「まさか」と、はきすてるように言って立ちあがった。

兄は何も聞いていなかったらしい。あいかわらずベソベソと泣いていた。

姉は正面の壁の写真をじっとみつめていた。その目は、

「あのカッターナイフが秋山さんのものだなんて、とっくに気がついていました。」

と言っているように、ぼくには思えた。

4　赤いカッターナイフ

父の遺体は、発見された日に、いちど警察へはこびこまれた。死んだ原因なんかを調べるためだという話だった。家にもどってきたのは、その日の夜おそくだった。

警察は、父が自殺をしたのではなく、殺されたのだと発表した。

新聞やテレビが、この事件を大きく取りあげた。それを見て、父はぼくが思っている以上に有名な写真家だったのだとわかった。

次の日お通夜をして、その二日後にお葬式があった。

その数日間で、警察はいちおうの調べをすませたらしく、スタジオも母屋もそれまでど

おり使えるようになっていた。

新学期ははじまっていたけれど、ぼくも姉も兄も、まだ一日も登校していなかった。

尚平おじさんたちも、ずっとうちにとまっていた。

「こんどの事件と、わたしどもがおねがいした《幸せな家族》の仕事とは、もちろん関係はないと思います。ですが、このままひきあげるわけにはいきません。何かお手伝いさせていただきたいのです。」

森山さんのこの申し出を、母はとてもよろこんだ。谷口さんや秋山さんも賛成した。もちろん尚平おじさんもだ。

ただ、森山さんたちがうちにとまりつづけていたのには、もうひとつの理由があった。警察に、もうしばらくこの家にいて捜査に協力してほしい、とたのまれたからだ。それは、この中に父を殺した犯人がいるかもしれない、と言われているようなものだった。


お葬式がすんで三日たった日の午後、ぼくたちは洋間で重田刑事とむきあっていた。

重田刑事は、とても不機嫌そうな顔で、しきりに目をこすっていた。

「何か話があるから、おれたち全員をあつめたんでしょう。」

谷口さんが、なかなか話をはじめない重田刑事に、いらだったような声をかけた。

「おれたちの知ってることは、すっかり話したんだ。警察は、その話をもとにして、いちおうの結論をだしたんだと思う。それを報告にきたんじゃないんですか。」

「知ってることは、すっかり話した？」

重田刑事が、見あげるような目で谷口さんをみつめた。

「すっかりどころか、あなた方は、かんじんなことを何も話しておられない。そうじゃありませんか。」

「かんじんなこと？」

「そうです。中道勇一郎氏が亡くなった日の、その前の晩のできごとを何も話してくれなかったじゃないですか。」

重田刑事は、前かがみになっていたからだを起こして、胸の前で腕をくんだ。今日は、何ひとつ隠しごとをさせないぞ、と意気ごんでいるような姿勢だった。

「これまで、奥さんをはじめ、森山さん、西浦さん、谷口さん、秋山さんと、大人の方たちに話をきいてきました。しかし、事件を解決するのに役立つようなことは、何も話してくださらなかった。話してくれたことといえば、中道さんが前夜からスタジオにこもりきりになっていて、翌朝スタジオへいった森山さんが、中道さんの死体を発見した、ということだけでした。」

「前の晩のことが、事件と関係あるというのですかな。」

森山さんが、れいのカマキリみたいなしぐさで、首をコキコキさせながらたずねた。

「それで、その前の晩のできごとというのは、どのことを言っておられるんですか。」

「中道さんと秋山さんが、大げんかをしたということです。」

「大げんかだって?」尚平おじさんが、怒ったような声をだした。「そんな大げさなものじゃない。すこし言いあらそっただけです。それも、仕事のことでの言い合いですから、けんかというより議論です。」

「ことばはどうでもいいんですよ。とにかく中道さんと秋山さんはやりあったんでしょ。」

「ぼく、すこし酔っていたから……」

秋山さんが、気の弱そうな小声で言った。

「だから、中道さんに失礼なことを……」

「あんなことは、事件に関係ない。」

谷口さんが秋山さんのことばをさえぎった。谷口さんは、警察の人間がきらいらしい。

その口ぶりで、ぼくはそう感じた。

「関係ないことを、警察なんかに言う必要はない。」

「関係があるかどうかは、警察が判断することです。」

重田刑事が谷口さんをにらみつけた。

「とにかく、大人の方たちからは、何も情報が得られなかった。そんなとき、あるお子さんが、警察に電話をかけてくださった。それで、前の晩のことを知ったというわけです。」

あるお子さん、というのが兄のことだということは、すぐにわかった。そのとき兄は、得意そうに胸をはって、にやにやと笑っていたからだ。おまけに、こう言ったんだ。

「だれかがお父さんを殺した。殺すには、何か動機があるはずさ。あの前の晩のことは、その動機を知るのに、すごく役立つはずだよ。それをみんなが警察に言わなかったなんて、ぼくには信じられないよ。」

「その前の晩のできごとというのを、できるだけくわしく話していただきたい。」

重田刑事は、また指先で目をこすった。寝不足で目がショボショボしているせいではなく、それが考えごとをする時のくせのようだった。

「本当は、お子さんたちに、こんな話を聞かせたくないのですが、いちどみなさんにお集まりいただいて、いっしょに話をうかがいたいと思ったんですよ。」

「わかりました。お話しします。」

母が、しっかりとした口調で言った。父のお葬式がすむと、母は少しずつおちつきをとりもどしていた。

「どこから、お話しすればいいのでしょう。」

「そうですね、まず、その前の晩のできごとをお話しください。」

「それでは、大まかなところを、わたしが話します。」

尚平おじさんが足をくんで、かるく目をとじた。考えをまとめているようだった。

「わたしたちが、この家にとまりこんでいる理由は、なんども話しましたね。」

「コマーシャルの撮影でしたな。」

「ええ。しかし、撮影はあまり順調ではありませんでした。勇さん……、失礼、中道勇一郎さんのことを、そう呼びなれているものですから……」

「かまいません。呼びなれた言い方でけっこうです。」

「そうですか。とにかく、勇さんの仕事がいそがしくて、撮影はおくれていました。そしてその前の晩、つまり四月五日のことですが、その日も勇さんは一日中スタジオにこもりっきりでした。夕食後、わたしたちは、奥さんにすすめられるまま、ウイスキーをごちそうになり、みんなでトランプなどをして遊んでいました。そこへ、勇さんがきました。」

「何時頃です?」と、重田刑事が話をとめた。

「九時二十五分です」と、姉がはっきりとこたえた。

「ずいぶん正確におぼえてますね。」

「はい。時計を見ましたから。九時半になったら自分の部屋にもどろうと思って、時間を気にしていました。」

「どうして九時半になったら、部屋へもどろうと思ったんですか。」

「あたくし、いつまでもダラダラと遊んでいるのはきらいです。その日は、九時半になったら自分の部屋で本を読もうと思っていました。」

「なるほど。それで、九時半ちょうどに部屋へいきましたか。」

「いいえ、すこしおそくなりました。父がきたからです。」

「一美さんが、お父さんのためにコーヒーをいれてあげたんです。」

　尚平おじさんが説明した。

「豆をひくところからはじまって、ネルの袋に粉をいれ、時間をかけて湯をそそぐという、本格的なコーヒーのいれ方でした。」

「主人は仕事につかれると、一美のいれたコーヒーを飲みたがりました。一美は、コーヒーをいれるのが、とてもじょうずですの。」

　と、母がつけくわえた。

「主人は、夜中でも一美にコーヒーをいれさせることがありました。もちろん、一美が起きていればですけど。この家のスタジオで仕事をすることが多くなってからは、いつでも一美のコーヒーが飲めるとよろこんでおりました。」

「一美さんがコーヒーをいれているあいだに、わたしは気になっていることを勇さんにたずねました。あしたは撮影につきあってもらえるかどうか、ということをです。」

「いや、そうじゃない。コーヒーの話より先に、中道さんから別の話が出た。」

と、谷口さんが尚平おじさんの話をさえぎった
「亡くなった人の悪口めいたことを言いたくない、という尚平さんの気持ちはわかる。でも、ちゃんと話したほうがいい。そうでないと、秋山が中道さんにけんかをふっかけたように思われる。」

「それは、そうなんだけど……」

「なんです、悪口めいたことって？」

「わたくしがお話しします。西浦さんも話しにくいでしょうから。」

母が気をとりなおすように、背すじをのばした。

「あの夜、主人は居間に入ってくるなり、『おれが仕事をしているのに、みんなは酒にトランプか。のんきだな』と、言いました。一美にコーヒーをたのんだのは、そのあとです。主人の仕事のせいで撮影がおくれていて、みなさんがこまっていらっしゃるのに、そんな

言い方をされたら、だれだって怒りますわ。」

「でも、勇さんの、そういうトゲのある言い方は、くせみたいなものなんです。」

尚平おじさんが、父をかばった。

「別に本気でイヤミをいってるわけじゃないんです。親しい人にしか、そういう言い方はしません。勇さんは、わたしたちを親しい友人と思い、そして申しわけないと思っているから、てれかくしもあって、あんな言い方をしたんだと思います。だけど、秋山君は若いから、マジにうけとってしまったんです。」

「おれだって、ムカッとしたぜ」谷口さんが、はっきりと言った。「だから、秋山が中道さんにくってかかった時も、おれは止めなかったんだ。」

「ぼく、すこし酔っていたんです。だから、よけいなことを言ってしまって……」

秋山さんがうつむいた。重田刑事は、話がとぎれないように、うまくうながした。

「その、よけいなことって、どんなことだったのかな。」

「それは……。『中道さんは毎晩、あしたは大丈夫だって言いますけど、次の日になると、いつもだめになります。そういうのは、こまります。初めからだめだとわかっていれば、別のスケジュールを立てますから、ほんとのことを言ってください』って。」

「中道さんは、なんてこたえましたか。」

「だまっておいででした。」

　森山さんが、秋山さんの代わりにこたえた。

「だまって台所へいくと、コーヒーをいれる一美さんを見ておいででした。さすがに大人です。若者の言ったことなど、気にもとめていなかったんでしょうな。」

「それで？」

　重田刑事が話のつづきを聞きたがった。みんな、なんとなく気まずそうにうつむいた。

「どうしたんです？　そのあと、中道さんは何をしたんです？」

　重田刑事がさいそくをした。それでも、みんなだまっていた。

「こまりますね。何をかくしているんです？」

　重田刑事の顔がけわしくなった。ふいに兄がかん高い声をだした。

「みんな、なんで言わないんだよ。お父さんと秋山が大げんかをしたのは、そのあとじゃないか。お父さんを殺したナイフだって、秋山のものじゃないか。」

「なんですって？　行一君、それは本当の話かね。」

「そうだよ。秋山のナイフだよ。はっきり言うけど、お父さんを殺したのは秋山だ。」

　いつのまにか、兄は秋山さんを呼びすてにしていた。

「わかりました。言いましょう。」

尚平おじさんが、うす茶色の丸い大きなサングラスをはずして、ハンカチでレンズをふいた。

「かくすつもりはなかったのですが、それを話すと秋山君に疑いがかかります。わたしたちは、秋山君がそんなことをする人間だとは思っていません。ですから、彼の不利になるようなことを話したくなかったんです。」

尚平おじさんが話したことをまとめると、次のようになる。


秋山に文句を言われて、中道勇一郎の顔がひきつった。しかし、その若い進行係の言っていることは正しいのだ。勇一郎は、秋山を無視することに決めたようだった。娘の一美がコーヒーをいれている台所へむかった。

あとにのこった秋山に、森山プロデューサーが小声で文句を言った。森山にとっては、少しぐらい撮影のスケジュールが狂うことよりも、中道勇一郎にヘソをまげられることのほうがこわかったからだ。

居間は、気まずい雰囲気でいっぱいだった。それを救ったのが一美だった。

コーヒーを入れ終わると、一美は秋山に言った。

「あたくし、写真のパネルをつくりたいのですけど、スチロールの板を切ってくださいませんか。できれば、いますぐにでも。」

「それはいい」西浦が、むりに明るい声をだした。「秋山にかぎらず、進行係ってのは器用でね、たいていのことは上手にやってしまう。」

「一美さんも、なかなかたいしたもんだ。たった一か月のあいだに、進行係の器用さを見ぬいてしまうんだからな。」

　と、谷口も雰囲気をもりあげた。

「秋山、腕の見せ所だぞ、しっかりやってこい。」

　秋山は居間の外へ出た。ドアの横に道具箱がおいてあった。その中からカッターナイフをとってきた。

「ああ、それがいい。スチロールの板を切るには、カッターナイフがいちばんだ。」

　谷口はその場を明るくするために、一所懸命だった。

「一美さん、秋山にまかせておけば、最高のパネルができますよ。」

「では、おねがいします。」

　一美が先にたって居間から出ようとした。その時だった。

「くだらん世話をやくな。」

　勇一郎が飛ぶように二人のうしろへ近づくと、秋山の持っていたカッターナイフをたたき落とした。

「一美、おまえの部屋に男を入れるんじゃない。秋山君、きみも無礼なやつだな。若い女性の部屋に平気で入るとは、どういう神経をしているんだ。」

「何するんだよ。たのまれたから、いくだけじゃないか」秋山は、むきになった。「無礼なのは、どっちだ。約束をやぶってばかりいる、そっちのほうじゃないか。」

叫びながら秋山は、じゅうたんの上にころがったカッターナイフに手をのばした。が、秋山の手よりも先に、森山がカッターナイフをひろいあげた。

「秋山君。いいかげんにしてくれ。」

森山の態度には、ふだん見せたことのない迫力があった。

「スケジュールの心配は、プロデューサーであるわたしがすればいいことだ。これ以上ゴタゴタを起こすようなら、進行係をほかのスタッフと代えなくてはならないぞ。」

「申しわけありません。」

そう頭をさげたのは、一美だった。

「あたくしの不注意で、みなさまにご迷惑をおかけしました。秋山さん、ゆるしてください。お父さま、すみません。これからは気をつけます。」

それにはこたえず、勇一郎は居間から出ていこうとした。が、ふと立ちどまって、妻の由美子のほうへふりかえった。

「今夜は徹夜だ。朝までに仕事は片づけちまう。これ以上、尚平たちにむくれられると、あとがこわいからな。サンドイッチをつくっておいてくれ。スタジオにもってきてくれなくていい。台所においといてくれれば、気晴らしついでに食べにくる。」

それが、中道勇一郎にできる、せいいっぱいの謝罪のようだった。

そしてそれが、由美子の聞いた夫の最後のことばになった。


「なるほど。よくわかりました。」

重田刑事がぼくたちを見まわした。

「さて、そのあとのことですが、みなさんはどうしましたか。」

「みんなすぐに、それぞれ部屋にもどったさ」谷口さんが、そっけなくこたえた。「あんなことがあったあと、酒を飲みつづけるわけにはいかないものな。」

「別々の部屋にもどったんですか。」

その質問には、母がこたえた。

「子どもたちは、それぞれ自分の部屋をもっております。お客さま方には、お二人ずつ二部屋にわかれていただいています。森山さんと西浦さんが一部屋、谷口さんと秋山さんが一部屋です。」

「奥さんは、ご主人の夜食用のサンドイッチをつくってから、おやすみになったんですね。」

「はい。みなさんが居間から出られたあと、十五分ほど台所にいたと思います。そのあと、寝室のほうへ。」

「みなさんが居間を出られたのは、何時頃でしたか。一美さん、時計を見ませんでしたか。」

「見ました。十時頃でした。正確には十時五分か六分前だったと思います。」

「ねえ、お母さん。」

ふいに兄が、あまったれたような、妙にネバネバした声をだした。

「どうして、秋山をかばうのさ。」

「かばうって……?」

「だって、お母さんだって聞いたでしょ。あの時、秋山が谷口さんに言ったじゃないか。『ぼく、車で寝ます。不愉快だ。ひとりになりたいんです』って。」

「それは聞きましたよ。でも……」

母が口ごもった。泣きそうな顔をしていた。

重田刑事が立ちあがった。

「秋山さん、ありのままに話してください。あの夜、あなたは車で寝たんですね。」

「いえ、寝ませんでした。車の中にいたのはたしかだけど、一時頃までしかいなかった。そのあとは、部屋へもどりました。」

「そう……。一時頃までね。」

重田刑事がドアの外へ声をかけた。梅沢刑事が顔をだした。

「中道勇一郎さんの死亡推定時刻を、みなさんにおしえてあげなさい。」

「四月五日午後十一時から四月六日午前一時までのあいだです。」

梅沢刑事は、手帳も見ないでスラスラとこたえた。

「というわけなんですよ。秋山さん、あなたは午後十時頃から午前一時頃まで、車の中にいたんですね。それは、中道勇一郎さんが亡くなった頃ということです。梅沢君、秋山さんを署におつれして。もうすこしくわしい話をききたい。」

その日、秋山さんは、そのまま警察へつれていかれた。

「重要参考人というわけか。」

谷口さんが、にがにがしげにつぶやいた。

「だけど、あいつは人殺しなんかできる男じゃない。行一君、きみは本気で秋山が犯人だと思っているのかい。」

谷口さんの言い方は、それほどきつくはなかった。でも、兄を見る目はするどかった。兄は何か言いかけたけれど、結局何も言わなかった。

谷口さんだけではなく、姉も冷たい目で、兄をみつめていたからだ。

ぼくも腹の中で、「調子にのって、馬鹿みたい」と、ののしってやった。

何も知らないくせに、すぐうけようとしてペラペラしゃべる兄が、馬鹿に見えてならなかった。

はっきり言うけど、秋山さんが犯人じゃないってことを、その時ぼくは知っていた。でも、それを言うと、本当の犯人のことを言わなくちゃならない。だから、ぼくはだまっていたんだ。

ぼくの胸の中はモヤモヤしていた。秋山さんが犯人にされてしまったらどうしよう。そのことばかり考えていた。

5　密室殺人

秋山さんが警察へつれていかれたのは、父の死体が発見されてから六日たった四月十二日の午後だった。

　夜になっても、秋山さんは帰ってこなかった。本当の犯人を知っているぼくは、夜中まで寝つけなかった。

　次の日、重田刑事と梅沢刑事が、またうちに来た。朝の十時頃だった。兄が真っ先に玄関へとびだしていった。

「やっぱり、秋山が犯人だったでしょ。」

「そう決まったわけではない。」

　ぼくたち全員が玄関にそろったのをたしかめて、重田刑事が言った。

「たしかめたいことが、ひとつあります。中道さんと彼が言いあらそった時のことです。」

　彼というのは、もちろん秋山さんのことだ。

「中道さんが、彼の手からカッターナイフをたたき落とした。それを、彼よりも先に、森山さんがひろいあげたんでしたね。」

「ええ。何しろ、ぶっそうな物ですからな。」

「あなたは、そのカッターナイフをどうしましたか。」

「その場で道具箱に入れました。」

「道具箱は居間のドアの外にあったんでしたね。」

「そうです。それが何か……?」

「それは、こういうことさ」兄が探偵気取りでしゃしゃりでた。「道具箱に入れたのなら、秋山じゃなくても、あのあとカッターナイフをもちだすチャンスがあったっていうこと。そうでしょ、刑事さん。」

顔をしかめて、重田刑事が小さくうなずいた。

「でもね、秋山はお父さんとけんかしたんだ。殺す動機があったんだよ。」

「だが、そのていどのことで人を殺すだろうか。たしかに、彼には不利な条件がそろいすぎている。犯行のあった時刻に、ひとりだけ庭にとめてあった車にいたというのも、その不利な条件のひとつだ。」

重田刑事はため息をついて、このあとの話はスタジオでしたいと言った。


「彼が犯人だとすると、どうやってここに入ったのだろう。」

外階段をのぼってスタジオに入ると、重田刑事はそう切り出した。

「じつは、それが最初から大きな疑問になっていました。そこで、奥さんにうかがいたいのですが……」

母が不安そうな顔でうなずいた。

「仕事中にだれかがスタジオへきたとします。そんな時ご主人は、どうなさったでしょう。」

「主人は、仕事のじゃまをされるのがきらいでした。約束があれば別ですけど、とつぜん人がたずねていらっしゃっても、ふつうはドアも開けないような人でした。」

「あの晩は、だれかと会う約束がありましたか？」

「いいえ、なかったと思います。あれば、わたくしにお茶のしたくをさせたはずですし、それに夜もおそかったことですから。」

「そうでしたね。昨日みなさんからうかがった話では、中道さんが母屋を出てスタジオへひきあげたのは、午後十時頃ということでした。そのあと人に会う約束があったとは、ふつう考えられませんね。」

「刑事さんが言いたいのは、こういうことでしょ。秋山がスタジオにきても、お父さんはドアを開けなかったはずだ。だから、秋山はスタジオに入れなかった……」

兄が、また探偵気分をまるだしにした。

「でもね、スタジオに入るには、そのドアだけじゃないんだ。一階の倉庫からだって入れるし、屋上からだっておりてこられるんだ。」

兄はドアとむきあった壁についている、鉄のはしごを指さした。そのはしごの上に、屋上へ出る丸い鉄のとびらがあるんだ。

「ところがね、あのとびらも倉庫のドアも、内側から鍵がかかっていたんだよ。」

重田刑事は、おだやかな声で兄に説明した。

「つまり犯人は、このドアから入り、このドアから出ていったとしか考えられないんだ。しかし、中道さんは仕事のじゃまをされるのがきらいだった。」

「つまり、夜中に秋山君がおしかけてきても、勇さんはドアを開けなかっただろう、ということですね。絶対とは言いきれないけれど……」

そう言った尚平おじさんのことばを待っていたように、梅沢刑事が手帳をひろげて、森山さんにたずねた。

「あなたが、中道さんの死体を発見した時のことを、もういちど話してください。」

「スタジオのドアの前に立って、中道さんに声をかけたんですわ。しかし、なんど呼んでも返事がない。ふと足もとを見ると、鍵が落ちていたんですわ。もしかしたら、中道さんは散歩にでも出かけたのかと思いましてね、なんの気なしに、その鍵でドアを開けたところ……」

「ということは、犯人が逃げる時に、その鍵を落としていったということか……」

と、尚平おじさんがつぶやいた。そして、ふいに「それは変だぞ」とさけんで、ドアのほうへかけていった。

「だって、このドアは閉めると自動的にロックされるんだ。そのことは、秋山君だって知っている。もし犯人だとしても、逃げる時に鍵をもって出る必要はないんだ。鍵を使うのは、外から開ける時だけなんだから。」

「そういうことです。」

　重田刑事が目をこすりながら、母にたずねた。

「このスタジオの鍵は、いくつありますか。」

「二つです。一つは、このドアの横の壁にかけてありました。スタジオを出る時、主人はそれをもって出ました。もう一つは、主人の寝室にあります。自動車のキーなどといっしょに、キーホルダーについています。スタジオを出る時、鍵をもって出るのをわすれたりした場合に、それをつかうつもりのようでした。しかし、主人はめったにそういうことをしませんでした。」

「倉庫の鍵は？」

「それも二つありました。でも、二つともこのスタジオにあるはずです。主人以外に、倉庫をつかうことはありませんでしたから。」

　重田刑事が、なんども大きくうなずいた。

「森山さんがドアの外でみつけた鍵以外は、奥さんがおっしゃったとおりの所にしまってありました。つまり、犯行があったとき、このスタジオは完全な密室だったのです。」

話はそこでいきづまった。

それを機会に、ぼくと兄は外へ出された。大人だけで話したいことがあるのだと言われたんだ。姉は、大人の仲間にくわえられた。

「あいつら、何を話していると思う?」

ガレージの前までおりていった時、兄がうす笑いをうかべて、ぼくの腕をつかんだ。

「秋山と姉さんのことなんだぜ。秋山は姉さんが好きなんだ。姉さんも、秋山のことが好きかもしれない。お父さんは、そのことを知って、秋山をいびったんだ。だから秋山は、お父さんを殺したんだ。おれ、秋山に復讐してやるつもりだ。」

ぼくはだまっていた。この兄とは、話をするのもいやだった。いつもいばっているし、カッコつけた話し方をするのもきらいだった。

「おれは、秋山についてのこまかいメモをつくる。あいつがうちに来た日からのことを、なんでもメモに書いてやる。それを警察に見せるのさ。これは捜査の役にたつぜ。」

兄は、ぼくにノートとボールペンをもってこいと命令して、居間に入った。ノートの表紙に『秋山メモ』と書いた。

「省一、よく考えて思い出せよ。」

ぼくはうなずいた。兄に協力するつもりなんてなかったけれど、こっちの知らないことを兄から聞き出せるかもしれないと思ったからだ。

「まてよ……」兄がノートから顔をあげて、はしゃいだ声をだした。「パソコンがあるじゃん。しらべたことをパソコンに入れるわけよ。ケヘッ、すげえや。父親殺しの犯人を、息子がパソコンでつきとめるなんて、かっこいいったらありゃしない。」

ぼくは、パソコンなんて興味がないから、知らん顔をしていた。

「ちぇっ、おまえにゃパソコンのすごさがわかんないんだよ。ま、いいや。とにかく情報をあつめることが先だ。省一、よく思い出せよ。ええと、秋山が初めてうちに来たのは、いつだったっけ。ええと、春休みの前だから……」

ひっしで考えている兄の顔を、ぼくはあきれてながめていた。

秋山さんが初めてうちに来たのは、引っ越しの日だった。めずらしく雪のふったひな祭りの日だから、三月三日だ。考えなくても、すぐに思い出せることじゃないか。

「省一おまえも考えろよ。」

兄は腕を組んで目を閉じた。口の中でブツブツ言っていた。推理に熱中している探偵のつもりなんだ。ばかばかしくて、ぼくはわざと「いつだったたっけなあ」なんて、ひとりごとを言ってやった。


三十分ぐらいたった頃、姉がスタジオからもどってきた。

兄はあわててノートを背中にかくした。頭のいい姉に、自分の計画を横取りされてはかなわない、といった顔をしていた。

姉は、そんな兄には見むきもしないで、そば屋に電話をした。

やがて、玄関に大人たちの足音がした。母が二人の刑事に、そばを注文したから食べていってくださいと言っている声が聞こえた。

「職務中に、そういうことはこまります。」

と、梅沢刑事がきつい声をだした。兄から離れるいいチャンスだった。ぼくは玄関へ走っていった。兄がついてきた。

「まあいい、ごちそうになろう。」

重田刑事が梅沢刑事の肩をおして洋間へ入った。

「出前をとってくださったんだ。むだにするのも、かえって失礼になる。」

「そう言ってくださると、たすかります。」

尚平おじさんが頭をさげた。父が死んだあと、内気な母にかわって、尚平おじさんが我が家の代表みたいなことをしてくれていた。

そばが来た。天ぷらそばだった。

「ところで、刑事さん」森山さんが、そばを食う箸をとめた。「取り調べは、いちおう終わったと考えていいのでしょうか。葬式などもひととおりかたがつきましたし、そろそろ、会社のほうへ顔を出さないと……」

「もちろん、東京へお帰りになってもかまいません。」

重田刑事が、あっさりこたえた。

「ただ、いつでも連絡がとれるようにしておいてください。聞かせていただきたい話も、まだあるかもしれませんから。ところで――」

こんどは、重田刑事のほうが質問した。

「れいのコマーシャルは、どうなさるのですか。」

「もちろん中止します。」

「ほかの家族を出演させる、ということもですか。」

「はい。中道さんほどのご家族は、そうかんたんにみつかりませんでしょう。それに、保険会社のコマーシャルですから、こういう事件があっては……」

「やむをえないな」尚平おじさんが、つらそうに言った。「しかし、わたしはしばらくここにのこります。わたしが《幸せな家族》のコマーシャルに、この中道家を推薦したんだし、勇さんとは古くからの親友だったし、すぐにさよならする気にはなれない。それでもいいですか、奥さん。」

「それはもう、西浦さんがいてくだされば……。わたくしのほうから、おねがいしたいくらいです。」

「おれも、しばらくいたいな。」

「谷口さんがですの……？　いえ、そうしてくだされば心強いのですが、お仕事が……」

「それはいいんです。今年一年は、《幸せな家族》にかかりっきりになるつもりで、ほかの仕事はことわってしまったんですよ。それに、みんないっぺんに帰っちまったら、行一君たちもさびしいだろうし。」

「それで、秋山君のことなんですが」森山さんが重田刑事の顔をのぞきこむようにした。

「まだ帰していただけないものでしょうか。」

「いや。今日にでも帰ってもらいます。いまのままでは、証拠不十分です。」

「しかし」という梅沢刑事の声と、「だけど」という兄の声が同時にした。

重田刑事は、そばのつゆをゆっくり飲んで、二人の顔を交互にながめた。

「逮捕状は、そうかんたんには出ないものだ。ただ、森山さん――」

「はい。」

「秋山さんの居場所は、いつもあなたに知っておいていただきたい。」

「わかりました。おまかせください。」

「では、わたしたちはこれで――」

重田刑事が立ちあがった。母と尚平おじさんが、二人の刑事を玄関まで送っていった。そばの丼を片づけようとした姉が、「あらっ」と小さな声をあげた。重田刑事の丼のふたの下に、二人分のそばの代金がおいてあった。

「あの刑事さん、なかなかやり手のようですな。」

森山さんが、肩をすくめて笑顔を見せた。

6　二人づれ

次の週の月曜日、ぼくは六年生になって初めて学校へいった。

姉と兄も、それぞれ高校と中学へかよいはじめた。

「昼間、あまり考えこまないでね。」

家を出る時、姉は母にそう言い、それにつづけて、庭で体操をしている谷口さんに、

「母の話し相手になってやってください。」

と、声をかけた。

「ほんとにすてきな娘さんだ。きれいだし、やさしいし、頭はいいし、しっかりしているし。」

谷口さんは、小走りに門を出ていく姉を、カメラをかまえるかっこうをして見送っていた。そんな谷口さんに、母がさびしそうな笑顔をむけた。

「やはり、お仕事をなさりたいんじゃありませんの。わたくしたちのことは気になさらないで、どうぞお仕事におもどりください。」

「いや、そんなんじゃありません。」

谷口さんは、少しあわてて手をふった。

「くせなんですよ、ぼくの。美しい人や景色を見ると、ついカメラのファインダーをのぞくまねをしてしまうんです。」

「でも……。」

「いえ。仕事をしたくなったら、遠慮なくそうしますから。」

谷口さんは明るく笑って、ふたたび体操をはじめた。が、ふいに動きをとめて、

「そうか。その手があったんだ。」

さけぶように言って、跳ねるように家の中へ入っていった。

「おやおや、あんなにいそいで。また何かいい考えがうかんだのね。」

靴をはいているぼくに、母が笑いかけた。

「楽しい方ね。まるで、新しい遊びを思いついた子どもみたい。」

「ほんとに、おかしな人だよね。」

ぼくは、てきとうな返事をして、玄関を出た。でも、本当のことをいうと、谷口さんの言ったことばは、ちょっと気になった。

その手って、なんだろう……。学校へいく道みち、そのことばかり考えていた。そして、その手というのがわかったのは、ずいぶんあとになってからだった。

六年生になって初めて登校した日、友だちはあまり話しかけてこなかった。

ぼくがみんなにシカトされているわけではない。うちで起こった事件のことは、もちろんみんな知っているわけで、その話を聞きたいのに、遠慮している感じだった。

ぼくたちの学校では、五年から六年になるときクラス替えがなかったから、知りたがり屋の松倉美知子や、その松倉美知子のいいなりになっている柴田浩も、もちろん同じクラスだった。なのに、その二人も話しかけてこないんだ。ぼくは、なんとなく特別な人間になったような気がした。

ところが二、三日たつと、様子はガラリと変わった。

「ねえ、省ちゃん。ちょっとだけきいていい？」

とうとうがまんできなくなったように、松倉美知子が話しかけてきた。それは、雨が降っている日の昼休みだったから、みんながワッとあつまった。

そのときおどろいたことは、みんなが事件のことを、かなりくわしく知っている、ということだった。

「犯人は、やっぱり秋山だろうな。」

「あたしは、森山があやしいと思う。だって、スタジオのドアの外に鍵が落ちていたなんて、話がうまくできすぎてるよ。」

「それは言える。プロデューサーをやってるぐらいだから、頭はいいはずさ。密室殺人なんて、馬鹿なやつにはむりだもの。」

「それじゃ、あんたなんか、絶対むりね。」

「そんなことより、やっぱし動機よ。動機のある人間をみつければ犯人はみつかるわ。」

そんな会話が、ぼくのまわりでとびかった。ぼくは楽しかった。学校にいて、こんなにもたいくつしなかったことは、それまでなかったことだった。

でも、それも長くはつづかなかった。次の週になると、だれも事件のことを話さなくなった。いや、そうじゃない。松倉美知子だけは、ときどき思い出したように、「その後、警察の捜査はすすんでいるみたい？」などと話しかけてきた。

松倉美知子は、ただの知りたがり屋じゃないらしい。わりと頭もいいから、推理みたいなことが、ほんとに好きなのかもしれないと思った。

事件のことが、あまり話題にならなくなると、ぼくの〈たいくつ病〉が、少しずつ頭をもたげてきた。重田刑事も、ほとんどこなくなっていたしね。

そんなある日、ぼくは、思いがけないところで、思いがけない人を見かけた。四月二十四日のことだ。その日の五時間目は図工で、六時間目は音楽だった。ところが音楽の先生が病気で休んだために、六時間目も図工にして、学校の外へ写生にいくことになったんだ。

ぼくたちは学校の裏山へいって、すぐ下を流れる川や、そのむこうに見える丘なんかを描きはじめた。

しばらくして、ぼくは川ぞいの道を走ってくる、見なれた青い自動車に気がついた。

車は土手の上でとまって、尚平おじさんと谷口さんがおりてきた。

二人は、河原を歩きながら、何か話しあっているようだった。

そのうち、谷口さんが大きく腕をふったりして、尚平おじさんに夢中で何かを説明しているというか、説得しているというか、そんな感じになった。言いあらそっているようにも見えた。やがて、たぶん十分ぐらいたった頃だと思うけど、二人は車にもどり、ぼくの家のほうへ走っていった。

二人の態度は、少し気になった。谷口さんは、むきになっているように見えた。尚平おじさんは、ぶすっとしているように見えた。それに、わざわざ河原へ来て話すということは、ほかの人に、とくにうちの人に聞かれたくない話をしていたからじゃないのかな。

そう思うと、ぼくはすぐにでも家に帰りたかった。父の事件のことで、何か変わったことが起こったんじゃないかと思ったんだ。

ところが、そのすぐあとに、もうひとつおどろいたことが起こった。

尚平おじさんたちの青い車が見えなくなって、ほんの二、三分たった頃、土手の上に二つの人影があらわれたんだ。

それは、学校へいっているはずの姉と、東京にいるはずの秋山さんだった。

二人は河原におりて、石にこしかけた。何か話しあっている様子だった。その二人が、そのあとどうしたか、ぼくは見とどけることができなかった。六時間目が終わりにちかづき、ぼくたちは学校へもどらなくてはならなかったからだ。

家に帰ると、谷口さんがスタジオを撮影していた。そばに尚平おじさんがいて、メモをとったり、次に撮影する場所を決めたりしていた。

少し前に、河原で言いあらそっていたような二人とは思えないほど、息があっていた。

「何を撮っているの。」

「幸せな家族さ。」

尚平おじさんが、大きな手をぼくの頭にのせてグリグリとうごかした。

「コマーシャルにつかうためじゃない。この家族と親しくなった記念に、撮影しておこうと思ったんだ。それに、親友だった勇さんの思い出のためにもね。」

尚平おじさんの言い方には、なんとなく嘘っぽさが感じられた。

大人はときどき、子どもに小さな嘘をつく。子どもに聞かせたくない話とかがあると、嘘っていうほど大げさではなくても、ちょっとしたゴマカシをする。そんな時、子どものほうは、わりとそれに気づいているものなんだよね。ただ、気がつかないふりをしているだけなのさ。

その時のぼくも、知らん顔をして、さりげなく話題をかえた。もっとほかに、気になっていることがあったからだ。東京にいるはずの秋山さんを河原で見かけたことだ。

「ねえ、谷口さん。この頃、秋山さんこないね。」

「うん。やつは東京で別の仕事にとりかかったよ。けっこういそがしいみたいだ。」

谷口さんは、秋山さんがこの町にきていることを、本当に知らないようだった。

秋山さんは、何をコソコソうごきまわっているんだろう。そんなことをしないほうがいいのに、とぼくは秋山さんのことを心配した。秋山さんは、父を殺した犯人として、いちばん強く疑われているんだ。そして、秋山さんは本当の犯人じゃないんだ。コソコソしていると、よけいに疑われると思った。

その心配は、二日後の朝、じっさいにかたちとなってあらわれた。


「おはようございます。」

朝ごはんを食べていると、玄関で重田刑事の声がした。

「一美さんにうかがいたいことがありまして。」

「ほら、きた」と、兄が跳ねるようにとびだしていった。

姉が二階からおりてきた。重田刑事が、かるく手をあげた。

「お話があります。申しわけないが、学校にはちょっと遅刻してくれませんか。」

「帰ってきてからではいけませんか。」

「だめさ。だめにきまってるじゃん。」

兄がいつものでしゃばりをはじめた。

「刑事さんは、秋山のことできたんだぞ。」

「行一君、よけいなことは言わないで。」

「姉さんは、秋山の居場所を知っているんだろ。」

「やめたまえ。」

「犯人が逃げちゃったら、どうするんだよ。」

「だまりなさい。」

重田刑事がきびしい声をだした。けれど、いちど調子にのった兄は、ひとの言うことなんか聞こえなくなってしまうんだ。

「姉さんは、おととい秋山とあっていただろ。そのことをききにきたんだよ。」

「一美さん」重田刑事は靴をぬいで、かってにあがりこんだ。「どこか部屋を使わせてください。」

姉は洋間のドアを開けた。重田刑事が、きっぱりと言った。

「どなたも、この部屋にはこないように。お茶などはいりませんから。」

洋間のドアを閉める時、姉が兄をにらみつけた。こわい目だった。そして、びっくりするくらいきれいな目だった。

「行一、いま言ったことは本当なの。」

　母がふるえる声で兄にたずねた。

「一美は、いつ、どこで秋山さんとあっていたの。」

「だから、おとといだよ。」

　兄は興奮していた。

「どこであったか、場所なんか知らないよ。でも、この町のどこかでだよ。秋山は、東京で仕事をしていることになっているけど、そんなの嘘だ。もうじき警察につかまりそうだとわかったから、どこかへ逃げるつもりなんだ。いっしょに逃げてくれって、姉さんにたのみにきたにちがいないんだ。」

「行一は、どうしてそれを知っているの。」

「毎日、姉さんを監視していたんだ。姉さんは、まえから秋山とつきあっていた。いつかきっと秋山から連絡がくると思っていた。三日前の夕方、秋山から電話があった。お母さんが買い物にいってるときさ。ぼくの推理は正しかったんだ。ざまあみろだ。」

「省一君」谷口さんがしずかに言って、ぼくにランドセルを手わたしてくれた。「きみは学校へいったほうがいい。」

ぼくは、いきたくなかった。でも、これいじょう母に心配をかけたくなかった。家族の中で、ぼくだけでもふつうの子どもらしく、ふるまってあげたいと思った。

ぼくは、いつもより大きな声で「いってまいります」を言った。自分でも芝居がうまいな、と思った。


学校から帰ると、秋山さんがいた。居間で尚平おじさんや谷口さんと話をしていた。母が紅茶をいれていた。

姉も兄も、ぼくが家を出たあと、けっきょく学校へいったらしい。まだ帰ってきてはいなかった。

「なぜ逃げようなんて考えたんだ。」

谷口さんが、どなるようにたずねた。秋山さんが、ため息をついた。

「このままじゃ、ぼくは犯人にされてしまう。」

「一美さんが、おまえの居所をおしえてくれたからよかったものの、逃げたりすれば、よけい疑われるんだぞ。」

「だけど、あいつは……。すいません。行一君はぼくを犯人と決めてかかっている。あることないこと、警察に告げ口しているんだ。そのうち、何が真実かなんてわからなくなって、警察はぼくを逮捕するにちがいないよ。」

「なあ、秋山君」尚平おじさんが、秋山さんの肩をたたいた。「きみも、しばらくこの家にいたほうがいい。なんども警察に呼び出されて、ここと東京を行ったり来たりするのも大変だ。それに、行一君とも話し合う機会がふえれば、しぜんに誤解も解けるんじゃないかな。きみの生活費ぐらい、ぼくがなんとかするよ。」

「そんなご心配はいりませんわ。」

母がやさしくほほ笑んだ。

「わたくしは大歓迎ですのよ。事件だって、もうじき解決すると思います。早く以前のような、元気なお顔を見せていただきたいわ。」

その時、電話のベルが鳴った。尚平おじさんが受話器をとった。話は短かった。電話を切って、尚平おじさんが言った。

「重田刑事からです。行一君が、なぜ秋山君を逮捕しないんだと、警察にどなりこんだらしい。むかえにきてくれということです。」

「ちくしょう。」

秋山さんが立ちあがった。血が出そうなくらい、強くくちびるをかんでいた。

それから、約二週間後、その兄が死んだ。

第二章

1　五月五日は子どもの死

五月五日の午後、庭でバーベキュー・パーティーをすることになった。

父の事件があってから、暗いことがつづいたので、子どもの日ぐらい楽しくすごしたい、と母が提案したんだ。

昼前に森山さんもきた。母が朝のうちに電話をしておいたらしい。

バーベキューの材料は母が用意したんだけど、そのほか一品ずつ、みんなが好きな食べ物を用意することになった。

ぼくは、マッシュポテトのサラダをつくることにした。ぼくの大好物で、姉が作り方をおしえてくれると言ったんだ。

ぼくはジャガイモを買いにいくところからはじめた。

スーパーの前で松倉美知子にあった。

「省ちゃんがおつかいなんて、めずらしいね。」

そう言われたので、パーティーの話をすると、美知子はジャガイモをえらんでくれた。料理をつくるのがすきで、しょっちゅうスーパーにきているから、野菜でもなんでも、いいものを見わけるのがじょうずなのだという。そして、「そのパーティーに、あたしも出たいな。浩君もさそって、あとからいってもいい？」と、たずねてきた。

「いいと思うよ」と、こたえると、美知子は、うれしそうに笑った。

その時ぼくは、ふと「美知子はパーティーに出たいんじゃなくて、父の事件がその後どうなったのか知りたいんだな」と、思った。

でも、松倉美知子と柴田浩は父の事件の話を聞き出すことも、パーティーを楽しむこともできなかった。二人がくる前に、別の大事件がおこったからだ。


家に帰ると、ぼくは物置から、直径が八十センチ以上もある鋳物（いもの）の大鍋を出してきた。何年か前、父がぼくたち家族と、東京のスタジオにいる助手たちを、ハイキングにつれていってくれたことがある。全部で十五人ぐらいだった。昼ご飯は、河原でカレーライスをつくって食べたんだけど、そのときつかった大鍋が、物置にあるのを思い出したんだ。

皮をむいたジャガイモと水を入れて、その大鍋をガス台にのせようとした。すごく重かった。何しろ、うちの家族が四人。尚平おじさんたちが四人。それに松倉美知子と柴田浩がくると、十人分のサラダをつくらなくてはならない。

力を入れてもちあげた時、鍋がかたむいた。水がこぼれて床ではねた。

「なんだよ、冷てえな。」

うしろで兄の声がした。兄はテーブルにむかってヤキトリの準備をしていた。ほかの人たちは、みんな庭にいた。

「そんなでかい鍋、おまえにもてるわけないだろ。見ろ、足がビショぬれじゃないか。」

兄がいすにこしかけたまま、ぼくの尻をけった。その足は、少しもぬれていなかった。

「頭をつかえよ。鍋をガス台にのせてから、イモと水を入れりゃいいだろ。おまえは、ほんとに馬鹿だ。おれも姉さんも頭がいいのによ、あわれなやつだよな、まったく。」

兄のイヤミはしょっちゅうだったけれど、なれて気にならなくなるなんてことはなかった。いつだってムカムカする。その時も頭にきた。ぼくはむきになって、鍋を力まかせにもちあげると、ガス台にのせた。

兄が鼻の先で笑った。

「なぜ馬鹿力っていうのか、わかったよ。頭をつかえないやつは、力しかつかうものがないもんな。馬鹿なやつは力が強くなるわけだ。」

ぼくは、ぐっとがまんしてガスに火をつけると、兄のほうへふりかえった。

兄は、きっと馬鹿にしたようなニヤニヤ笑いをうかべているだろう、とぼくは思っていた。ところが、そうではなかった。

兄の目は血走っていた。ギリギリ音がするほど、奥歯をかみしめていた。あごに筋がうきあがっていた。兄はイライラしていたんだ。

その理由は、すぐにわかった。兄は、鳥肉とネギを竹の串に刺して、ヤキトリの準備をしていたんだけれど、それがうまくいってなかったんだ。肉の脂で手がベトベトになっていたせいだ。いまにも、かんしゃくをおこしそうな顔をしていた。

ぼくにイヤミを言ったのも、そのせいだったんだ。いい気味だった。

ぼくのほうは、ジャガイモがゆであがるまで、何もすることはなかった。

「ぼけっと見てるな。手つだえよ、馬鹿。」

兄が作りかけの竹串をなげた。ぼくの頰にあたった。

「あぶないじゃないか。」

さすがのぼくもカッときた。

「目に刺さったら、どうするんだよ。」

本気で怒ったぼくを見て、兄の顔がすっと青くなった。

「あ、ごめん。大丈夫だよな……」

ふだん大人しいぼくが大声を出したので、兄はびっくりしたようだった。兄って、本当は気の弱いやつなんだ。なのにいばるから、ぼくは好きになれないんだ。

その時も、それ以上ぼくが怒らないとわかったとたん、えらそうにこう言ったんだ。

「とにかく手つだえよ。おまえにはヤキトリを三本よけいにやるからさ。」

ぼくは知らん顔をしていた。

「手つだえったら、手つだえ。」

兄が、また竹串をなげようとした。ぼくは兄をにらみつけた。兄のほうから目をそらせた。勝った、と思った。ぼくは、ゆうゆうと台所から出ていった。

ぼくの背中で、兄がわめいていた。

「おぼえていろよ、省一。おまえのイモなんか、すてちまうからな。」

その声を聞いた時、ぼくは首のうしろのあたりで、何かゾクリとするものを感じた。どこかで読んだ物語の中の文章みたいな言い方をすれば、ぼくの耳もとで悪魔がささやいたような、そんな気がしたんだ。

そしてぼくは、自分でも気がつかないうちに、こう叫んでいた。

「すてられるもんなら、すててみろよ。」

庭に出ると、秋山さんがバーベキュー用のかまどに炭火をおこしていた。

その横で、母と姉がテーブルのしたくをしていた。

尚平おじさんと森山さんと谷口さんは、芝生にすわりこんでビールを飲んでいた。自分たちの分の料理は、もう用意し終わっていたらしい。

ぼくは、そのへんをウロウロして、時間をつぶしていた。とちゅうで二回、ベランダから上がって居間をとおり、台所へいった。ジャガイモがやわらかくなったかどうか、たしかめにいったんだ。

兄のイライラは、ますます激しくなっているようだった。鼻で大きく息をしながら、足をジタバタさせていた。肉の脂でニチャニチャした手は、しっかり竹串をもつこともできないようだった。

ぼくは、わざと鼻歌なんか歌いながら、ジャガイモに箸をつきたてて、「まだ、ちょっとかたいな」とか、「うん、もうすぐやわらかくなりそうだな」とか、「やっぱり姉さんにおそわってよかったな」とか、楽しそうに言ってやった。

兄がうなり声をあげはじめた。それを聞いて、ぼくは庭へ逆もどりをした。

「まだだった？」

姉がジャガイモのことをきいた。

「そろそろ、やわらかくなってもいい頃なんだけど。」

「あと、五分ぐらいじゃないかな。」

と、ぼくがこたえると、谷口さんがビールの缶をおいて立ちあがった。

「それじゃ、おれも準備をしようかな。」

「あれ？　さっき、ソーセージかなんか用意してたじゃないか。」

「にぶいね、尚平さん。カメラだよ。せっかくの記念だから、パーティーの様子を撮っておくよ。」

「そうか。手つだおうか。」

「いや、いい。機材を車からおろすだけだから。」

谷口さんは、がっちりした体をゆするような歩き方で、ガレージのほうへむかった。つられたように立ちあがった尚平おじさんは、タバコに火をつけると、門のほうへブラブラと歩いていった。

「そろそろ、はじまりそうですな。」

森山さんが、うれしそうに両手をこすりあわせた。

「このために、朝飯もひかえめにしてきたんですから。」

秋山さんが、ポリ袋の口をしばって、母にたずねた。

「このゴミ、もうすてていいですね。」

「すみません、おねがいします。裏の焼却炉に入れておいてくださるだけでいいですから。」

秋山さんは、玄関のほうへ歩いていった。家の東側をまわって、裏庭へいくつもりのようだった。その秋山さんを見送ってから、母がぼくを見た。

「行一のヤキトリはどうしたのかしら。省一、ちょっと見ていらっしゃい。それに、あなたのジャガイモだって、ゆですぎるとグズグズにとけてしまいますよ。」

うなずいてぼくは、秋山さんと反対のほうへむかった。家の西側をとおって、勝手口から台所へ入ろうと思ったんだ。

兄が大やけどをしたのは、それから一、二分後のことだった。ジャガイモの入った大鍋をひっくりかえして、煮えたぎった湯を全身にあびたんだ。

その二日後に、兄は病院で息をひきとった。

「まるで、あの歌のとおり……」

姉がつぶやいた。兄のお葬式がすんだあとだった。

あの歌というのは、なんども言うようだけど、いつかの夜、尚平おじさんが歌った〈その頃はやった唄〉のことだ。

姉のその声が聞こえたのか聞こえなかったのか、母はぼんやりと兄の写真を見ていた。

「あの歌のとおり……？」

尚平おじさんが、恐ろしいものでも見るような顔で姉をみつめた。

「ああ、そういえば……」

「ええ。行一の死に方は、まるであの歌の歌詞とそっくりです。」

「ちょっと、待ってよ。一美さんは、あの歌の歌詞をおぼえているのかい。」

「正確ではないと思いますが、だいたいのところはおぼえていると思います。」

「だけど、わたしはあの歌をいちどしか歌わなかったはずだよ。」

「はい。いちど聞けば……」

そうなんだ。そこが姉のすごいところだった。記憶力がいいというか、とにかく頭がよかった。だから、ぼくは姉を尊敬していた。大好きだった。そして、とてもこわい人だと思っていた。

「一美さん、いまの言い方は、頭のいいあなたらしくない。」

尚平おじさんが、うめくように言った。

「あの歌には、たしかに熱湯の中につき落とされて、殺される少年が出てくる。しかし、行一君の場合は事故だ。つき落とされたのではなく、自分で鍋をひっくりかえしてしまったんだ。歌と似ているのは偶然だ。警察も事故だと言っているじゃないか。」

「ですが、父の事件も考えると、偶然がかさなりすぎると思います。あたくしも、弟が殺されたとは思いたくありません。でも、かんたんに事故と片づけてしまうのは、なんだか納得がいきません。」

「ということは、事故にみせかけた殺人だと……」

「その可能性もあるということです。」

「そうなると、いちばん疑われるのは、わたしということになる。」

尚平おじさんが、いつものくせをだした。大きな手で頭をペタペタとたたいたんだ。

「なぜなら、あの歌のとおりに殺人をするとなると、歌詞をよく知っていなくてはならない。そして、完全に知っているのは、わたしだけだからだ。」

「あたくしも、だいたいのところは知っていると申しあげました。」

「しかし、まさか一美さんが……」

それっきり、みんなは口をとざした。

ぼくの頭の中で、〈その頃はやった唄〉が、なんどもくりかえし聞こえていた。

2　二人は出会わなかった

兄が死んだことは翌朝の新聞にも大きく出た。父がわりと有名な写真家で、その父の殺された事件も、まだ解決していなかったからだ。

その新聞によると、警察は兄の死を、事故死だと発表したそうだ。

ところが、兄のお葬式がすんで一週間ほどたった頃、正確にいうと五月十五日のことだけど、ある週刊誌に意外な記事が出た。

《真相究明　有名写真家の長男が変死／連続殺人事件か／中道家をとりまく不吉な噂》

そんな見出しのついた特集記事だった。

その記事が出ることは、前の夜からわかっていた。森山さんが夜中に電話で知らせてくれたからだ。広告代理店などには、発売の日よりも前に週刊誌なんかが手に入るらしい。

ぼくと姉は、学校を休むことにした。母は反対したのだけれど、姉が、「記事の内容によっては、授業など受ける雰囲気ではないかもしれない」と言ったんだ。

ぼくは、おちついて授業が受けられないかもしれないということよりも、早く記事を読みたかったので、姉の意見に賛成した。

森山さんが週刊誌をもってやってきたのは、午前十時頃だった。

母は見出しを見ただけで、花壇の手入れをしたいから、と裏庭へ出ていった。

その頃の母は、父や兄の話題を、できるだけ避けるようにしているようにみえた。どちらの死も、母には悲しすぎるできごとで、ちょっと話しただけでも、グッタリつかれてしまうのだと言っていた。

森山さん、尚平おじさん、谷口さん、秋山さん、そして姉とぼくが居間にあつまった。

週刊誌の記事の内容は、びっくりするほどくわしかった。五月五日のバーベキュー・パーティーのことが、まるでその場で見ていたように、こまかく書かれていた。たとえば、次のようなことだ。

記事の中では、秋山さんをA、森山さんをB、尚平おじさんをCなどと、記号で表していたけれど、わかりにくいので、ここでは本名になおして紹介することにする。

行一君が、ジャガイモをゆでていた大鍋の湯を浴びたのは、パーティーの準備も終わりに近づいた頃である。鍋は台所の、火のついたガス台の上にのっていた。

この時、台所には行一君しかいなかった。彼はバーベキュー・パーティーに出すヤキトりの準備をしていたのである。ほかの七人は、台所どころか家の中のどこにもいなかったと証言している。このことから、警察は行一君の死を事故死と断定した。

しかし、本誌編集部は、行一君以外の七人が本当に家の中にはいなかったのか、という点に疑問をもっている。

つまり、行一君は事故死ではなかったのではないか、という疑いである。

以下は警察関係者から発表されたものと、編集部が独自で取材をしたものとをつきあわせて、考察し推理したものである。

さて、『事故』があった時、その七人は、どこで何をしていたのだろうか。はっきりしているのは、次の三人だけである。

行一君の母親であり、一か月前に亡くなった中道勇一郎氏の未亡人、由美子さん。姉の一美さん。それに森山プロデューサーである。

この三人は、バーベキュー用のかまどの近くにいた。炭の火をおこしたり、テーブルに紙皿をならべたりしていたという。

その時、家の中で重い物が落ちるような音がして、行一君の叫び声が聞こえてきた。三人がいそいで台所へいってみると、行一君は床の上をころげまわっていた。彼のからだからは、まだ湯気が立ちのぼっていたというから、浴びたのは熱湯だったと思われる。

ＣＭディレクターの西浦尚平氏は、門の付近でタバコをすっていた。そこへ、庭のほうからざわめきが聞こえてきた、ふりかえると、由美子未亡人たち三人が、居間の前のベランダから家の中へ、あわてた様子でかけこむのが見えた。何ごとだろう、と彼も三人のあとを追って、ベランダから中へかけこんだ。

ここで、中道家の見取り図を見ていただきたい。

庭から家に入るには、ベランダがいちばん早い。しかし、西浦氏のいた門の付近から家の中へ入るには、玄関からのほうが近いのである。それでは、なぜ西浦氏は玄関から入らずに、ベランダから家に入ったのか。それについて、彼はこう語っている。

「奥さんたちのあわてぶりが気になって、おもわずあとを追っただけです。家の中で何があったかわかっていたら、とうぜん玄関から入ったでしょうね。」

次は、カメラマンの谷口紀夫氏の場合である。

谷口氏は七人のうちで、いちばんあとから台所に入った。

由美子未亡人が行一君のからだに、食器用の洗いおけで何杯も水をかけ、服をむしり取るようにぬがせ終わってからだから、事故があって五分ちかくたっていた頃だと思われる。

谷口氏は、なぜ到着がおくれたのか。彼はその時、母屋とは別棟の、スタジオの一階にあるガレージにいた。パーティーの様子を撮るために、カメラなどの撮影機材をガレージの中の自動車からはこび出そうとしていたのである。

ところが、機材をもって庭へいってみると、だれもいない。そのうえ、家の中から叫びあうような、せっぱつまった声が聞こえてきた。

「それで、ベランダから家の中へ入ったんだけど、その時はもう、行一君は下着一枚で床に横たわっていたんですよ。」

ところで、私たち編集部が特に注目しているのは、次の二人の行動である。

一人は、進行係の秋山淳氏。もう一人は、亡くなった行一君の弟で、中道家の末っ子にあたる省一君である。なぜ、この二人の行動に注目したのか、それをのべる前に二人の当日の行動を紹介しておこう。

秋山氏は、事故がおこった時の物音と行一君の叫び声を、裏庭で聞いている。そろそろパーティーがはじまりそうだという頃になって、彼は料理をつくるときに出たゴミを焼却炉へすてにいっていたのである。

見取り図でもわかるように、中道家の勝手口と面して、花壇や菜園がある。その奥には、

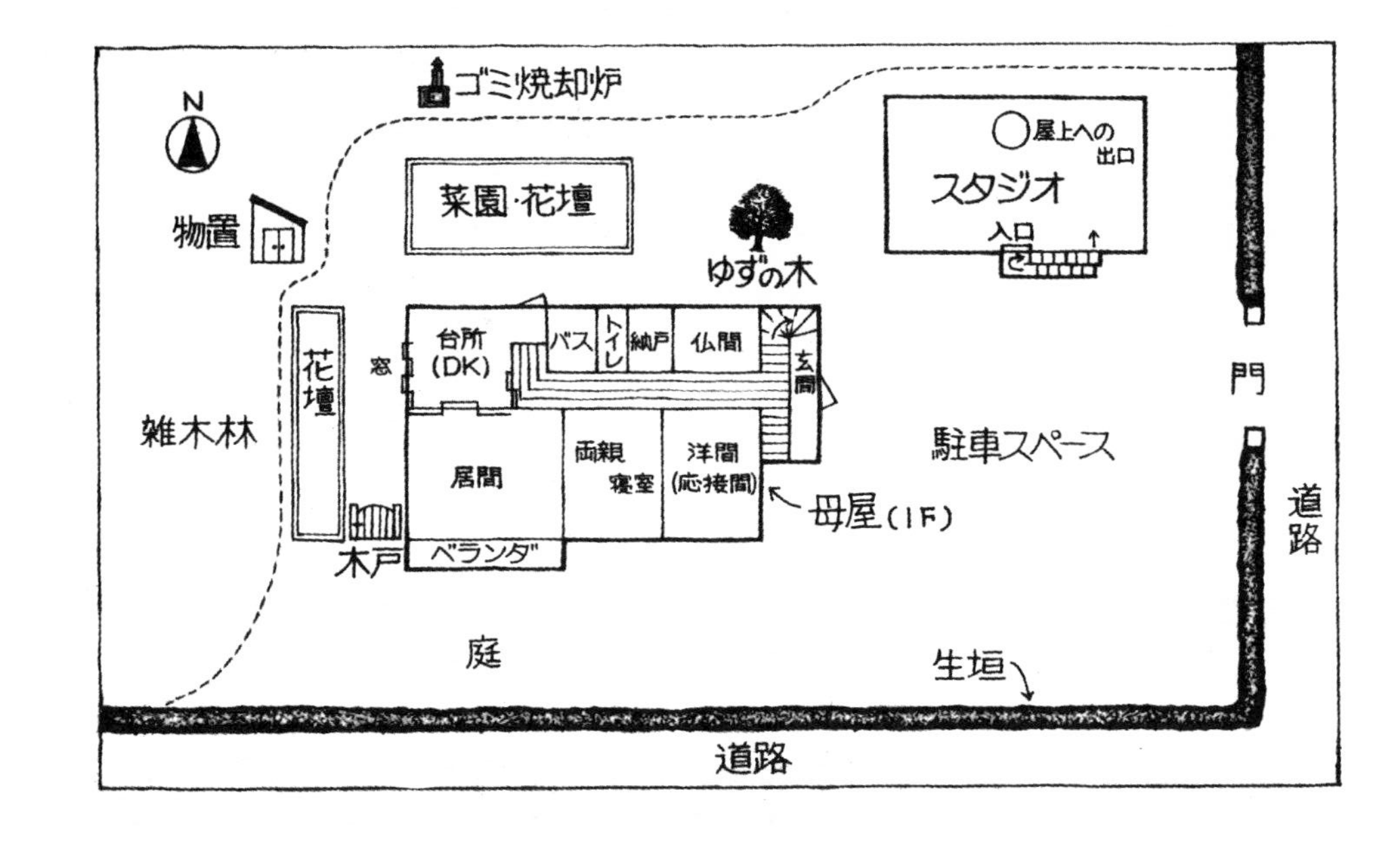
N
ゴミ焼却炉
物置
菜園・花壇
屋上への
出口
スタジオ
入口
ゆずの木
花壇
窓
台所
(DK)
バス
トイレ
納戸
仏間
玄関
雑木林
居間
両親
寝室
洋間
(応接間)
門
駐車スペース
母屋(1F)
木戸
ベランダ
道路
庭
生垣
道路

雑木林があって、焼却炉はその雑木林の手前にある。

秋山氏が物音を聞いたのは、ゴミをすてたあと、花壇の前をとおりすぎた時だ。

「ドシンというような音と、悲鳴みたいな叫び声がしました。家の中で何かあったんだな、と思いました。いちど玄関のほうへいきかけたんだけれど、すぐそばに勝手口があることに気づきました。だから、そこから入ろうかと思ったんだけど、勝手口の戸は内側から鍵がかかっていました。それで、大いそぎで玄関へいったんです。台所で奥さんたちの声がしたから、ぼくもいってみたら……」

秋山氏は、そう話した。秋山氏がかけつけるのと、ほとんど同時に西浦氏も居間のほうから台所へやってきたのだという。

では、省一君のことを書こう。

じつをいえば、この少年のことを書くのは、編集部としても、かなりつらい思いをしなくてはならなかった。それというのも、行一君が浴びたのは、この省一君がジャガイモをゆでていた大鍋の熱湯だったからだ。

なぜ、行一君は弟の鍋をひっくりかえしたのか。

それは、いまとなってはわからない。ただ、想像できることがひとつだけある。

こんどの事件が本当に事故であるとしたら、それは行一君の弟へのやさしさのせいだろう、ということである。

ごぞんじのとおり、ジャガイモはゆですぎると溶けたようになってしまう。兄としては、弟が楽しみにしているジャガイモを、そんなふうにさせたくなかったのではないか。だから、ガスの火をとめるだけではなく、ジャガイモをザルにでもあけてやろうとしたのではないか。

そうだとしたら、あまりにも悲しい。亡くなった行一君だけではなく、大鍋でジャガイモをゆでようとした省一君も、心に大きなやけどを負ってしまったのではないか、と想像する。

もちろん省一君には、なんの罪もない。しかし、少年というものは、大人が考える以上に、そして必要以上に、自分の責任というものを考えてしまうものなのである。私たち編集部は、省一君にそんな悲しい思いをさせないためにも、事件の真相を知りたいと思う。

そこで、その事故当時の省一君の行動なのだが、姉の一美さんが次のように証言をしている。

「あの事故がおこる直前まで、弟はあたくしたちのそばにおりました。母が、行一のヤキトリの準備のすすみ具合をみるついでに、ジャガイモの様子をみてきなさいと申しました。

それで、省一は裏木戸のほうをとおって、台所へむかいました。たぶん、勝手口から台所に入るつもりだったのだと思います。それから一、二分後に、あのさわぎがおこったのです。」


読者は、もうお気づきのことだと思う。

もしも、秋山氏の証言と省一君についての一美さんの証言が正しいのなら、秋山氏と省一君は、勝手口で出会っているはずなのだ。

しかし、秋山氏も、省一君も、おたがいの姿を勝手口で見ていないという。

私たち編集部が注目したのは、まさしくこの点である。

もしかしたら、秋山氏は嘘の証言をしているのではないか――！

ねんのために、もういちどことわっておくけれど、この記事に出てくる人の名前はAとかBとかCとかで書いてある。

だから、かなりだいたんな記事になっている。そしてそのだいたんさは、このあとになると、もっと激しくなっていた。

もうすこし、記事に書かれていたことを紹介しておこう。

秋山氏の言うことを、そのまま信用することはできない。なぜなら、事故があった時、秋山氏は勝手口の戸をあけようとしたと証言したのだが、その時そこには、省一君もいたはずなのである。

秋山氏は、なぜ省一君と会ったことを言わなかったのだろう。私たち編集部は、こう考える。秋山氏は、事故があった時、勝手口にはいなかったのだ、と。

では、どこにいたのだろう。それは家の中、それも台所にいたのである。そのために、秋山氏は省一君が勝手口にいたことを知らなかったのだ。証言しようにも、できなかったのである。

では、なぜ秋山氏は家の中にいたのか、行一君を殺すためである。

秋山氏は、行一君に大鍋の熱湯を浴びせかけ、すばやく別の部屋にでもかくれたのだろう。由美子未亡人たちがくるまでのあいだに、そのくらいの時間はあったはずだ。

そして、由美子未亡人たちが台所へ入ったあと、何くわぬ顔でかけつけたのだ。

では、秋山氏には行一君を殺す動機があるのだろうか。

おぼえておいでの方もあると思うが、行一君の父親である中道勇一郎氏は、四月六日未明に殺害されている。

犯人は、まだ捕まっていない。しかし、重要参考人はいる。それが、ほかでもない、秋山氏なのである。

亡くなった行一君は、警察が秋山氏をなかなか逮捕しないので、独自に秋山氏の身辺を調査していたようである。秋山氏に都合のわるい情報を、次々と警察に伝えていたといわれている。秋山氏には、行一君の口をふさぐ必要があったのだ。

今後、警察の捜査がすすめば、行一君の死も、ただの『事故死』ではないと明らかにされるだろう。その時になって、秋山氏は後悔するはずである。

「なぜ、あの時、勝手口にいたと言ってしまったのだろう。そう言ってしまったことは、自分が嘘をついていることの証明になってしまうのだ。なぜならその時、勝手口には省一君がいたのだから。勝手口にいたのなら、省一君と会っていなくてはならないはずだからだ……」と。

逆に言えば、勝手口で省一君に会ったと言っていれば、秋山氏は台所の中にではなく、外にいたことが証明されるのである。行一君を殺せなかった、という証明になるのである。それをしなかったということは、それができなかったということである。

秋山氏は、その時、家の中にいたからである。

「秋山、本当のことを言っちまえよ。」

全員が週刊誌を読み終わった時、谷口さんがうなるように言った。

「おまえ、本当に勝手口の戸を開けようとしたのか。」

秋山さんがうなずいた。

「はっきり言えよ。みんなの前で、はっきり声に出して言うんだよ。」

「本当だよ。ぼくは勝手口から台所へ入ろうとした。でも開かなかった。だから、玄関から入ったんだ。」

「省一君の姿は見なかったのか。」

「見なかった。」

「そうか。見なかったのか……」

谷口さんが、ゆっくりとぼくのほうへ顔をむけた。ほかの四人、つまり尚平おじさん、森山さん、秋山さん、それに姉の四人も、じっとぼくをみつめた。

「省一君、きみは秋山を見たかい。」

「ううん。見なかった。」

秋山さんが、ためていた息をはきだすような音をたてた。みんなの目が、ぼくから秋山さんにうつった。けわしい目だった。

「秋山。おれは、おまえを信じている。だから、こんな週刊誌の記事なんか、どうでもいい。ただ、おれたちに嘘をつくな。」

「嘘なんか、ついていないよ。」

「しかしだな、おまえは勝手口にいたと言う。そして、省一君も勝手口にいたと言う。その二人が会わなかったなんて、おかしいじゃないか。」

「ちょっと待ってよ。」

ぼくは、おもわず大きな声を出してしまった。

「ぼく、勝手口にいたなんて、いちども言ってないよ。」

ふしぎなほど、居間全体が静かになった。みんなが、ぼくの顔を奇妙な生き物でも見るような目でみつめていた。

ぼくの言ったことが、まるで理解できていないようだった。

「省一」やっと尚平おじさんがつぶやいた。「それじゃ、省一が嘘をついたことになるのか。」

「嘘なんかついてないよ。」

ぼくは、次に言うことばを注意深くえらんだ。

「ぼくは、勝手口の前にいかなかった。ぼくがいたのは、台所の窓の前だったんだ。」

尚平おじさんがサングラスをはずして、目頭をおさえた。谷口さんが貧乏ゆすりをした。

秋山さんが頭をかかえた。森山さんが腕をくんで首をふった。

「また、わけのわからないことを言い出して、こまったやつだ。」

と、うんざりした様子だった。

その時、ふいに姉が笑い出した。

「わかったわ。秋山さんも省一も、どちらも嘘をついていないわ。」

あっけにとられているぼくたちの前に、姉は紙とサインペンをもってきた。

「うちの台所は、北西の角にあります。バーベキューをしようとした表の庭は家の南側です。花壇や菜園のある裏庭は北側です。玄関や門は東です。」

姉は、おおまかな図を描いた。

「勝手口の戸は北をむいています。台所の窓は西をむいています。省一は、家の西側の壁にそって台所の窓の前にいきました。おなじ頃、秋山さんは北側にむいている勝手口の戸を開けようとしていたのです。どちらかが、角をまがれば二人は出会えたのです。」

だれかがウーンとうなった。感心した声だった。

「これは、ただの推測です。ですから、これが真実かどうかはわかりません。でも、二人の話を信じるならば、そうとしか考えられません。」

「みごとだね、一美さん。」

尚平おじさんが、大きな歯をむきっと出してほほ笑んだ。

「胸のつかえがおりたような気がするよ。」

「そうですね。よくわかりましたよ。しかし、いくら疑問が解決しても、行一君は帰らんのですな。」

森山さんが、ふらりと立って、窓を開けた。五月の曇り空が見えた。

「悲しいことですな。将来のある少年が、事故で死んでしまうなんて……」

静けさがもどった。

姉がつぶやいた。

「事故というけれど、本当のところは、どうなのでしょうね……」

十日ほど前、姉は事故死にみせかけた殺人ではないか、と言ったことがある。兄の死に方が、〈あの頃はやった唄〉に似すぎているというのだ。そのことを、また考えているようだった。

「あの子が、わざわざ鍋をもちあげたりした理由がわからない……」

そうくりかえした姉の顔から、ぼくは目をはなすことができなかった。

3　心の病気

兄は事故死ではなく殺されたのかもしれない、という記事の週刊誌が出てから、ぼくの家のまわりは急にさわがしくなった。毎日のように、雑誌社の記者やテレビ局のレポーターがおしかけてきて、ぼくたちの話を聞きたがった。

うちの門は、庭をかこっている生け垣の切れ目に、石の柱が二本あるだけで、柱のあいだにとびらはない。だから、記者やレポーターは、ずかずかと庭に入ってきて、入れかわり立ちかわり玄関のインターホンで話しかけてきた。

はじめのうちは、母が質問にこたえていたのだけれど、その質問というのが、どれもこれも似たようなもので、「一か月前にご主人を亡くされて、こんどはご長男を亡くされたんですね。いま、どんなお気持ちでいらっしゃいますか」というようなものだった。

「お気持ちは？」ときかれたって、母にしてみれば「悲しいです」としか、こたえようがないじゃないか。

母は一日でつかれはててしまった。

次の日、とうとう谷口さんが怒りだした。まだ朝の七時前だというのに、インターホンのチャイムが鳴ったとたん、谷口さんは玄関から飛び出していった。

「あんたたち、いいかげんにしろよ。少しは遺族の気持ちも考えてみろ。」

「何言ってるんだ」レポーターの一人がどなりかえした。「こっちには、報道の自由があるんだ。世間の人たちは、こんどの事件に注目しているんだぞ。こっちには報道する義務だってあるんだ。」

「自由だの義務だのって、ややこしいことばをつかうな。そんなこと言うんなら、こっちにも静かに暮らす権利があるんだ。朝っぱらからガアガアピーピーがなりたてやがって、何が報道の自由だ。あんたたちが、『いまのお気持ちは?』なんてきくたびに、のこされた家族は、つらいことを思い出さなきゃならない。ちっとは頭じゃなくて、心で考えてみろ。」

筋肉モリモリの谷口さんの大声で、三十人ちかくいた記者やレポーターは、スゴスゴとひきさがった。ついでに谷口さんは、門の柱と柱のあいだにロープを張って、「この中に入ったら、警察にカタクフホウシンニュウで訴えるぞ」と、言ったんだ。

あとでおしえてもらったんだけど、カタクフホウシンニュウというのは『家宅不法侵入』という字を書くのだそうで、かってに他人の家とか敷地内に入ることは、法律に違反することなんだそうだ。

ところで、その頃のぼくの気持ちを言うと、記者やレポーターがくることは、それほどイヤなことではなかった。

だって、そういうことが自分の身のまわりに起こることなんて、そうしょっちゅうあることではないからね。変な言い方かもしれないけど、けっこう楽しかったというか、毎日があまりたいくつしなくてすんでいたんだ。

母がよく言う〈省一のたいくつ病〉のおこるひまがなかったのさ。だから、正直なことを言うと、谷口さんはよけいなことをしてくれたな、という感じだった。

でも、がっかりすることはなかった。記者やレポーターは、そんなことでひきさがるほど、あっさりしてはいなかった。ぼくや姉の登校や下校の時をねらって、それこそしつこく質問してきた。

姉はどう思ったか知らないけど、ぼくはおもしろかった。

そのぼくよりも、松倉美知子はもっとよろこんだんじゃないのかな。行きも帰りも、ぼくのそばにベッタリ張りついていた。うまくいけば、事件のことも聞けるし、テレビなんかにもうつるかもしれないからだ。そして、その松倉美知子の横には、いつも柴田浩がくっついていた。

記者やレポーターの質問に、ぼくは自分でもうまくこたえたと思う。

質問は、あいかわらず「いま、どんな気持ち？」というのが多かったから、「兄は、ぼくのゆでていたジャガイモの鍋の湯を浴びて死んだのだから、とても責任を感じている」と、いったことを、時間をかけてポツリポツリと話してやったんだ。

絶対にペラペラしゃべってはいけないと思っていた。そんなことをしたら、記者やレポーターの人たちの期待を裏切ることになってしまう。

あの人たちは、不幸で悲しい事件が好きなんだ。父と兄をたてつづけにうしなって苦しんでいる少年の顔を、あの人たちはテレビカメラで撮りたかったのだし、いまにも泣き出しそうな声を聞きたかったのにちがいないんだ。

自分でも、芝居がじょうずだ、とぼくは思っていた。

松倉美知子も芝居がじょうずだった。ぼくの横で、ときどき涙なんかうかべていた。だけど、そんなぼくのひそかな楽しみも、そうながくはつづかなかった。記者やレポーターの人たちは、あきっぽいのかもしれない。一週間か十日たつと、ぱったり姿を見せなくなった。ほかに、もっとおもしろそうな事件がみつかったのかもしれない。

よけいなことだけど、ぼくも人一倍あきっぽい性格だから、大人になったら記者かレポーターになってみようかな、なんてことをチラッと考えたりした。

でも、ぼくはそうならないと思った。大人になるまで生きているとは、とうてい思えなかったからだ。

　だって、自分が大人になった時の姿なんて、想像できないもん。

　それから何日間かのことは、ぼくのメモというか、日記にも、ほとんど何も書いてない。だから、このテープに録音することも特にない。

　なんとなく、といった感じで毎日がすぎていたんだと思う。

　学校へもふつうにかよっていたし、友だちともてきとうにつきあっていた。

　学校では、何回か小さなテストがあった。いつも成績はわるかった。担任の先生、板倉先生っていうんだけど、その板倉先生は、

「中道の場合は、授業に出られる日が少なかったんだから、あまり気にするな。夏休みになったら、おくれをとりもどせるように、先生も手つだってやる。」

　そう言ってくれた。そのことは、すなおな気持ちでうれしいと思った。

　でも、「がんばるぞ」という気にはならなかった。

　ぼくって、たぶんヒネクレタ性格をしているんだと思う。そうでなかったら、すごいナマケモノなんだ。

　友だちも、みんな親切だった。やさしくしてくれた。ぼくのことを気の毒がってくれて

いたんだ。

でも、そういうのって、つまらなかった。心がノターッとのびてしまったようで、ハラハラとかドキドキとかワクワクとか、そういう感じが少しもしないんだもの。

六月の中頃になると、ぼくは少しずつたいくつしはじめてきた。何か変わったことがおこらないかと、それればかり考えるようになっていた。

それを待っていたように、あるできごとがおこった。六月十四日の夕方のことだった。

母が台所で夕食のしたくをしていた。

そのすぐ近くのテーブルで、ぼくと尚平おじさんは将棋をしていた。

おなじテーブルで、姉がソラマメを殻からとりだしていた。

調理台にむかいながら、母がかすかな声で歌をうたいはじめた。

「めずらしいわね、鼻歌なんて」と、姉が母の背中に声をかけた。

母はへんじをしなかった。しきりに包丁をうごかしていた。

「何をうたっていらっしゃるの？」

姉は、自分の声が母に聞こえなかったのだと思ったらしく、少し声を高くした。こんども母はだまっていた。チラリとふりかえることもなかった。

姉の声が聞こえないはずはなかった。

母は、だれかの言ったことが聞こえなかったふりをするような人ではなかったし、わざと無視したりするような人ではなかった。なんだかいつもと様子がちがうぞ、といったなんともいえない変な雰囲気がたちこめた。

ぼくと姉と尚平おじさんは、それぞれ手をとめて母の歌声に耳をすませた。

「……憎んでた……邪魔になる……風の晩……ナイフを……」

ことばもメロディーもとぎれとぎれで、音程もひどくはずれていたけれど、それはまちがいなく、〈その頃はやった唄〉だった。

窓から初夏の光が横なぐりにさしこんでいた。おそい午後の白い光だった。光の中で、つぶやくようにうたう、少しうつむいた母の顔は白かった。

半袖の母の腕も白かった。その手に、まぶしく光る包丁があった。包丁は、ねっとりとした白いかたまりを、切るというよりもたたきつぶすように上下していた。ふしぎなくらい規則正しくうごいていた。

窓からさしこむ光が、ほんの短い時間金色にかがやいて、すぐ夕焼けの赤に変わった。その朱色に、やがて藍色が加わり、かわきはじめた血の色になった。

ぼくと姉と尚平おじさんは、いすに腰をかけたまま、長いこと母をみつめていた。

ぼくには、母が豆腐を殺しているように見えた。

六月十四日に起こった、あるできごととは、そのことだった。つまり、母の発狂だ。いや、正確に言うと、六月十四日は母が発狂した日ではなく、ぼくたちが初めてそのことに気がついた日だ。


「なんだ、みんないたのか。」

ぼんやりとしているぼくたちのうしろで、谷口さんの声がした。谷口さんと秋山さんは散歩に出かけていて、そのとき帰ってきたのだった。

「電気がついていないから、だれもいないのかと思った。」

その声で、はっとしたように姉が立ちあがった。窓からさしこんでいた光は、とっくにかがやきをうしない、ぼくたちの周囲には、夏だというのにひんやりとするような暗がりが広がっていた。

「母の様子が変なんです。」

姉は谷口さんに早口でささやくと、母の背中に近づいた。同時に尚平おじさんが立ちあがった。

「お母さま。」

姉は片手で包丁をもつ母の手をおさえ、もう一方の手で包丁をにぎった。

　ぼくはいすから腰をうかすこともできずに、二人をみつめていた。ぼくは不安だった。母がふいにあばれ出すのではないか。姉を包丁で刺したりするのではないか。そんな恐怖が、ぼくのからだをかたくしていた。

　ところが、母はあっけないほどかんたんに包丁を手ばなした。だらりと両手をさげて、くずれた豆腐をみつめていた。まるで腹話術師にだかれた人形のように、母は姉につれられて台所から出ていった。

「ねえ、尚平さん。何があったんだ。」

　そうたずねた谷口さんに、尚平おじさんはこうこたえた。

「一時的なシンシンコウジャクだろう。」

「シンシンコウジャク？」

「ああ。ちょっとした精神の、というか心の病だ。少し休めば元にもどるよ。それにしても、あかるくふるまっていたけれど、やっぱり奥さんには、つらい毎日だったんだろうな。」

　その夜、ぼくはほとんど何も食べることができなかった。シンシンコウジャクということばの意味も知らなかったし、母に何がおこっているのか、本当のところを理解することもできなかった。ただ、母が狂ってしまったんだろうということはわかった。そして、それを信じることができなかった。

　ベッドにもぐりこみ、からだを丸めてふるえていた。泣きながら、生まれて初めて「神さま」ということばを心の中で叫んでいたように思う。


　翌日、六月十五日、ぼくと姉は学校を休んだ。母のそばについていてあげたかった。

　その母の容体なんだけど……。

　尚平おじさんがシンシンコウジャクと呼んだ〈心の病気〉は、ある時とつぜんあらわれて、またとつぜん元にもどった。ふだんとまるっきり人が変わったように見える時と、まるでいつもどおりに見える時とが交互にあらわれていた。

　人が変わったように見える時というのは、ただぼんやりとして、一点を力のない目でみつめているか、豆腐を包丁でたたいていた時のように、同じ動作をいつまでもくりかえしているのだった。

　それが、ちょっとしたことで、ふっと元にもどった。元にもどった母は、それまで自分が何をしていたのか、全然おぼえていないらしく、けろっとした顔で用事を片づけたり、話にくわわったりするのだった。

　いつ、何が起こるのかわからないので、ぼくと姉は十八日まで学校へいかなかった。先生には、風邪をひいて熱が出たということにしておいた。

その三日間で、ぼくたちは母について、いろいろと話しあった。

姉は、なるべく早く精神科の病院へつれていくべきだと言った。

尚平おじさんと谷口さんは、時間がたてばなおる程度のかるい〈心の病気〉ではないかと言い、病院へつれていくのは、しばらく様子をみてからでいいのではないかと主張した。

「アメリカやヨーロッパでは、精神科の医者に診てもらうことを、特別なことと考えていない。からだの具合がわるくなったら病院へいくように、心が病気にかかったら気軽に病院の門をたたく。けれど、日本の場合はちがう。〈心の病気〉にかかった人ばかりか、その家族まで、特別な目で見られるんだ。」

だから、精神科の病院へつれていくのは、慎重に考えてからにしたほうがいい、と尚平おじさんは、そんな話をした。

その尚平おじさんが三日目になって、つまり六月十七日の夜になって、姉に言った。

「この三日間、みんなで奥さんの様子をみてきた。奥さんが〈心の病気〉にかかってるということははっきりしたけれど、それ以上のことはわからない。そこで、あとは一美さんの考えどおりにすればいいと思う。いま、この中道家の中心は、一美さんなんだからね。」

「母を病院へつれていこうと思います。」

姉は少しもためらわずに、三日前とおなじことを言った。

「まわりの方たちが、どう思おうとかまいません。大事なことは、母の〈心の病気〉を一日でも早くお医者さまに診ていただいて、なおしていただくことだと思います。」

「あなたは勇気のある人だ。では、すぐに手を打とう。一美さんは、どこか精神科の病院を知っているかい。」

姉が首をふった。

「では、森山さんにたのんでみよう。彼ならきっといい病院をみつけてくれるだろう。何しろ日本で一、二を争う大手の広告代理店のプロデューサーだ。顔がひろいからね。」

尚平おじさんと森山さんの電話は、二十分ちかくもかかった。いろいろな条件を相談しているようだった。

「うまくいきそうだ。」

電話を終えた尚平おじさんが、満足そうなほほ笑みをうかべてもどってきた。

「二、三日のうちに、病院をみつけられるだろうという話だ。」

「お世話ばかりかけてすみません。」

姉がていねいに頭をさげた。

その姉の声を、ぼくはずっと遠くで鳴る雷の音のように、こわいような、でもまだ遠いから心配のないような、ふしぎな気持ちで聞いていた。

そして、ぼくはわけのわからない叫び声をあげそうになっていた。

4　空を見る親子

母の病院さがしを森山さんが引き受けてくれたので、ぼくはすこしホッとした。

やせて背も低く、しゃべる時には首をコキコキうごかすくせがあったりして、ちょっと見ただけではたよりない感じのする人だけれど、森山さんにはどこか信頼できそうな雰囲気があった。一流広告代理店のプロデューサーという立場が、そういう感じをあたえているのかもしれないし、またそういう人でなければ、そんなふうにえらくなれないかもしれない。

姉もおなじ気持ちだったらしく、次の日、六月十八日には二人とも学校へいった。

その日の帰り、重田刑事が校門の前でぼくを待っていた。

「ちょっと話をしたいんだけど、時間はあるかな。」

ぼくは口ごもった。じつは、松倉美知子の家による約束をしていたからだ。

「二、三十分でいいんだけどな。」

と、重田刑事が言ったとき、その松倉美知子がぼくを追って校門から走り出てきた。うしろに柴田浩がいた。

「こんにちは、刑事さん。」

松倉美知子が、親しそうにあいさつをした。柴田浩も笑顔を見せた。

「ええと、松倉美知子さんに柴田浩君だったね。」

重田刑事も、かるく手をあげて二人にこたえた。

その光景を見て、ぼくは「へえ？」という気分になった。

その二人と重田刑事が、そんなにしたしくあいさつをするような顔見知りだったとは、それまで考えたこともなかったからだ。

ふうん、そうだったのか……。ぼくは腹の中でうなずいた。

重田刑事が二人の名前をおぼえているということは、二人となんども会い、なんども話をしたということだろう。そして、その話というのは、ぼくについての話にちがいない。それ以外に、重田刑事が松倉美知子たちに会う意味はないはずだもの。

そうなんだ。重田刑事は、父と兄の事件のことで、ぼくについてもしらべていたということなんだ。警察は、ぼくのことなんか、何もしらべていないと思っていたんだけれど、それは大きなまちがいだったんだ。

松倉美知子が重田刑事にたずねた。

「省ちゃんと話があるんですか。」

すこしあまえるような声だった。

「それだったら、あたしのうちにきませんか。省ちゃん、これからうちにくることになっているんです。あたしと浩ちゃんとで、省ちゃんにノートを見せてあげるんです。」

柴田浩が、早口でつけくわえた。

「省ちゃんは、一学期の勉強がだいぶおくれていたからね。」

「いや、今日は省一君と二人だけで話をさせてもらおうかな。」

重田刑事は、松倉美知子にていねいなことばでことわった。そして、ぼくを見た。

「どうだろう、松倉さんの家へいく前に、すこし話を聞かせてもらえないかな。」

ぼくはうなずいた。重田刑事がぼくについて、どんなことを、どれくらいくわしくしらべているのか、逆に聞き出せるかもしれないと思ったからだ。

それに、じつをいうと、勉強のおくれなんか、どうでもよかったんだ。二人のノートを見せてもらっても、たいしてやる気がでないだろうと思っていた。

「中道君はすこしおくれていくけど、かんべんしてくれるね。」

重田刑事がそう言うと、美知子と浩の顔に、一瞬残念そうな表情がうかんだ。自分たちもいっしょに、ぼくと刑事のやりとりを聞けると思っていたんだろう。

でも二人は、すぐにパッと明るい顔にもどった。

「それじゃ、さようなら。」

浩が重田刑事に、馬鹿ていねいなおじぎをした。

美知子がぼくに手をあげた。

「クレープを焼いて待っててあげるね。」


松倉美知子たちとわかれたあと、ぼくたちはバス通りを横ぎり、川へ出た。川にそった道は、すこし遠まわりだったけれど、うちへの帰り道のひとつだった。

重田刑事は、ぼくをうながして土手をおりた。河原の石にこしかけた。

「お母さんは元気かい。」

ふいに重田刑事が、そうたずねてきた。思いがけないところから、とつぜん飛んできた石みたいに、その質問はぼくをヒヤッとさせた。

「元気じゃないのかい、お母さんは。」

「別に……」

「変わりはない、元気だというんだね。そうか、それならいいんだけど。」

もちろんぼくは、母の〈心の病気〉のことを話す気なんかなかったから、重田刑事があっさり話題をひっこめてくれたので、ホッとした。

でも、それはあまかった。重田刑事は、指先で目をこすっていた。何か大事なことを考えていたり、言おうとしたりしているようだった。

思ったとおり、重田刑事は母の話題をひっこめるどころか、スゴイことを言った。

「ほんとは、お母さんに何かあったんじゃないのかい。たとえば、自殺をしようとしたとか、あるいは殺されかかったとか……」

あまりにも思いがけないことばがとびだしてきたので、ぼくは声もだせなかった。

「きみは学校を三日も休んだね。お母さんに何かあったから、学校を休まなくてはならなかったんじゃないのかい。」

「熱が出ただけだよ。」

ようやく逃げ道をみつけたような気持ちで、ぼくはこたえた。

「でも、熱をだしたのはお母さんじゃなくて、ぼくなんだけど……」

「と、担任の先生には連絡をしたそうだね。」

重田刑事がぼくの顔をのぞきこんだ。

「そして、一美さんもおなじ日に熱をだして、おなじ日になおったというわけか。信じられないな、きみの話。」

「姉弟が、おなじ日にそろって熱をだすなんて、よくあると思うけど……」

「もちろん、あるだろうね。しかし、わたしは別の理由で信じられないといってるのさ。きみは、きのう駅前のスーパーへおつかいにいった。おとといはパン屋へいった。一美さんも魚屋だの本屋だのへいっている。」

ぼくは重田刑事に背をむけた。顔が青ざめているような気がしていた。そんな顔を見られたくなかった。

警察が、ぼくや姉について、いろいろしらべているらしいということは、さっきの松倉美知子や柴田浩と重田刑事との話し方でわかったけれど、ここまでくわしくしらべているとは思わなかった。ぼくはかなりうろたえていた。

「きみのお母さんは、熱のある子どもを買い物にやらせるような人ではないと思うんだよ。そして、そのお母さんのほうは一歩も家から出てこない。初め、わたしは、きみのお母さんが病気か事故にあったのではないか、と考えた。その看病のために、きみたちが学校を休んだのではないか、とね。」

うしろで、重田刑事の立ちあがる気配がした。

「しかし、看病なら一美さん一人でじゅうぶんだ。きみの家には、西浦さんたちもいることだしね。なのに、きみまで学校を三日も休んだ。それは、なぜなんだろう。」

重田刑事は話しながら、ぼくのわきをすりぬけて水辺へいくと、そこでふりかえった。

「きみのお母さんの身の上に何かがおこったからではないのか。それは、二人の子どもが学校を休むほど、重大な何かだ。」

正直な話、ぼくはびっくりしていた。オロオロしていた。何を、どう言えばいいのかわからなかった。

「気になることは、まだある。」

重田刑事が、ぼくのほうへゆっくりもどってきた。

「けさ、きみの家に森山プロデューサーがきた。車をとばしてね。とてもあわてているように見えた。ついたのは八時半頃だった。おそくても、東京を七時には出たことだろう。そんなにあせってこなければならないわけは、なんなんだろうね。」

森山さんがきた理由は、もちろん想像がついていた。母の病院のことで、何か知らせをもってきてくれたんだろう。でも、ぼくは「なんの用かな」と、ちょっと顔をしかめてみせただけだった。それがぼくにできる、せいいっぱいの芝居だった。

「あまりきみをひきとめておくと、松倉さんたちにしかられるね。」

重田刑事が腕時計に目をやった。

「きみのうちで何が起こっているのか、残念ながら今日は聞かせてもらえなかった。まあ、しかたがないな。きみとは、いつでも会えることだし。」

最後のことばには、ちょっとスゴミがあった。


「ところで、きみの学校の前で待っていたわけを知りたくないかい。」

土手にむかって歩きかけた時、重田刑事がぼくの肩に手をおいた。

「わたしはね、中道家で起きた事件について、きみが何か知っているような気がしてならないんだよ。とても重要な何かをね。ただ、きみはそのことに気がついていないのかもしれない。それで、話をしてみたかったんだ。」

重田刑事は、すこしほほ笑んで足もとの小石をひろった。石は粉をまぶしたように白くかわいていた。

とにかく今日の話はこれでおしまいにしよう、と区切りをつけるように重田刑事は小石を川へむかってほうりなげた。小石は河原でなんどか跳ねて、やっと川にとどいた。小さな水しぶきがあがった。

「とどかなかったか。やっぱり川幅がせまくなっているようだ。」

いいわけをするように、重田刑事はつぶやいた。

「それにしても、今年はほんとに水が少ない……」

「冬に雪も少なかったし、この頃も雨が降らないから。」

「そうだな。そろそろ梅雨時だっていうのに。」

「いつもの年より、一週間ぐらいおそいみたい。」

「ほう。きみは天気にくわしいんだな。天気というか、気象というか、そういうことに興味があるのかい。」

重田刑事は、それまでとは別の人間のようなやわらかい声で言うと、ぼくの背中をかるくおすようにして、土手のほうへ歩きだした。

ぼくも、すこしうちとけた気持ちになった。

「お父さんが写真家だったから……」

「ああ、なるほどね。写真家は、外でも撮影をすることがあるだろうからね。天気は大きな問題だろう。父さんといっしょにテレビの天気予報なんか見ながら、天気図の見方などをおしえてもらったのかな。」

「うん。でも、テレビでやるのは、わりに広い地域の天気予報だから、おおざっぱなことしかわからないんだって。自分に必要なせまい地域の天気は、自分で雲とか風とかをしらべて予測しなくちゃだめなんだって。」

「そうだろうな。そういうの、なんとかって言うんだよな。」

「観天望気のこと？」

「そうそう、それだ。おどろいたね、そんなむずかしいことばまで知っているのか。そのぶんでは、きみも観天望気ができるんだろうね。」

「すこしなら。」

「それは、たいしたもんだ。」

あまり感心するので、この時は重田刑事が、言っちゃわるいけど、ひとのいい、ただのオッサンに見えた。おかげで、ぼくは調子にのりすぎてしまった。

「うちの家族は、みんな観天望気をするのがすきなんだ。まえは、よくゲームみたいにして楽しんだんですよね。いっしょに屋上や庭に出て、空とか虫とか草とかを見ながら、次の日の天気をあてっこしたりしてね。」

「うらやましいな。家族がそろって空を見るのか。西浦さんたちの話じゃないけど、まったく《幸せな家族》そのものだな……」

そこで、ふいに重田刑事が足をとめた。空を見あげてつぶやいた。

「屋上で空を見るのか……」

ぼくは一足先に、土手の上の道に出た。ふりかえると、重田刑事は土手の下で、まだ空を見ていた。指先で目をこすっていた。

「新しい家に引っ越してからも、みんなで観天望気のゲームをしたのかい。お父さんが亡くなる前のことだけど。」

そう言いながら、重田刑事は土手の上にあがってきた。

「ううん。それはしなかった。コマーシャルのことで、いろんな人がきていたし、お父さんもいそがしかったから。」

「でも、観天望気は、お父さんにとっちゃ大切なことだったんだろう?」

「だから、みんないっしょにはしなかったってこと。もちろんお父さんは、ひとりで屋上にあがったりして、ちゃんと観天望気をしていたんじゃないのかな。」

「なるほど。スタジオから屋上に出る丸いとびらは、そのためにつくられていたというわけか。」

重田刑事は、また目をこすった。そして、もういちど腕時計に目をやると、「ありがとう。また話を聞かせてほしいな」と手をあげた。

5　母の予想

「せっかくクレープをつくろうと思ったのに。」

電話のむこうで、松倉美知子が気嫌のわるそうな声をだした。

重田刑事とわかれたあと、ぼくはまっすぐ家に帰り、松倉美知子の家に電話をして、ノートを見せてもらいにいけなくなったことをつたえたんだ。

「東京からお客さんがきたんだよ。」

「東京から？　それじゃ、またコマーシャル会社の人？」

松倉美知子の声が急にはずんだ。そして、電話口で何か話しあう声がして柴田浩にかわった。

「ぼくたちが、省ちゃんちへノートをもっていってあげようか。」

「いい。ノートはこんど見せてもらうよ。」

「あのね、美知子がコマーシャル会社の人にあいたいらしいんだよね。」

ぼくは、尚平おじさんたちが初めて来た日の、兄のことを思いだした。兄もあの時、すごくコマーシャルに出たがっていた。松倉美知子も、運がよければコマーシャルに出られるかもしれないと思っているのだろう。

「今日は都合がわるいよ。その人、ときどきくるから、その時にあわせるよ。」

ぼくは、てきとうなことを言って電話をきった。

「省一君、ひさしぶりですな。」

受話器をおくのを待っていたように、洋間のドアが開いて森山さんが顔をだした。

「こんにちは。」

「もっとちょくちょく来たいんだけれど、仕事がいそがしくてね。次から次へと新しいコマーシャルをつくらなくてはならんのです。」

森山さんは、あいかわらず首をコキコキさせながら言うと、まわりにちらりと目をやって、ぼくの耳もとでささやいた。

「いい病院がみつかったよ。きみと一美さんが、その病院でいいと承知してくれたら、すぐ入院手続きをとるからね。」


夕方ちかくに姉が帰ってくると、家の中が急にいきいきしてきた。

それまでは、みんな洋間のソファにこしかけて、ときどき世間話みたいなことをするだけで、あまり話もはずんでいなかった。やっぱり母の病気のことがあるから、いつものような冗談なんか言う気にはなれなかったんだと思う。

　姉は帰ってくるなり、母が近くにいないのをたしかめて、森山さんにお礼を言った。

「おいそがしいのに、むりなおねがいをして申しわけありませんでした。そのうえ、わざわざ来ていただけるなんて。」

「くわしい話は、夜にでもしましょう。」

　森山さんは、母がねむったあとで、ぼくたちに病院の説明をしてくれるつもりのようだった。うなずいて、姉は自分の部屋へ着がえにもどった。次に姿をあらわしたときは、母をつれていた。

「ひさしぶりにみなさんがおそろいですので、今夜は母が腕によりをかけてごちそうをつくるそうです。」

「ごちそうだなんて……。」

　と、母がはにかんだ。その様子からは〈心の病気〉など、まるで感じられなかった。

「たいしたものはできませんけど、みなさんのお好きなものは、すっかりおぼえてしまいましたから……。あの、ところで森山さん。どこかお具合でもおわるいのですか。」

　その母のことばは、すごく場ちがいなような、ぴったりしているような、ふしぎな印象をぼくたちにあたえた。母の病気のことで来てくれた森山さんに、母のほうからからだの具合をたずねるなんて……。

「具合がわるいなんてもんじゃありません。」

森山さんは、さすがに頭の回転がはやかった。

「毎晩、仕事のつきあいで酒を飲んでおりますから、一日中ダルイんですわ。それで、むりやり休みをとって、こちらへ逃げてきたというわけです。あ、こんなこと言うと、まるでこちらのお宅を、保養所か民宿みたいに思っているようですな。」

「そう言ってくださると、うれしいですわ。」

母が軽やかな声をころがして笑った。

「こうしてみなさんがおいでくださるので、子どもたちもさびしさを感じなくてすみますもの。」

こういう時の母を見ていると、本当に〈心の病気〉にかかっているのかと、心配するのがばかばかしくなるようだった。

母が洋間から出ていくと、森山さんが尚平おじさんのほうへふりかえった。森山さんも、ぼくとおなじ感想をもったのだと思う。尚平おじさんをみつめる目は、奥さんは本当に病気なのかい、とたずねていた。

「ふだんは、おかしなところなどないんだ。」

尚平おじさんも、森山さんの言いたいことを感じたらしく、低い声でこたえた。

「何かの拍子に、ふっと自分の心の中に閉じこもるというか、まわりのことが意識の外へ出てしまうみたいなんだよ。そのあと、きまって頭痛をうったえる。鎮痛剤かトランキライザーをのませてあげると、しばらくねむるんだ。目がさめた時には、すっかり元にもどっている。」

「そうですか。ま、そのていどなら、心配することはありませんわな。」

森山さんが、ぼくと姉の顔を交互に見てほほ笑んだ。

「わたしらだって、時々ふっと、正気とは思えないようなことをしますもんね。現代人っていうのは、多かれ少なかれ、みんな心に病をもっておるようで。」

森山さんは、ぼくと姉が心配しすぎないように、そんなことを言ってくれたんだろう。

それが、ぼくにはとてもうれしかった。


その日の夕食は楽しかった。

「これは、主人がいちばん気に入っていたものなんですよ。」

と、母が〈オスピス・ド・ヴォーヌ〉とかいうワインを出してきた。

これは、ずっとあとになって聞いたことなんだけど、「オスピス」というのは、フランス語だかドイツ語だかしらないけど、とにかく外国語で「病院」という意味らしい。その日、そのことを知っていたら、ぼくはどんな気持ちになっただろうか。いま考えても心がゾワゾワする。

それはとにかく、その夜の食事は本当に楽しかった。母もワインを少し飲み、姉もつきあった。おしゃべりがはずみ、あっちへとび、こっちへとんで、いろんな話題が出た。

その中に、ぐうぜん観天望気の話が出た。やっぱり、今年の入梅がおくれている、ということからだった。

その話を、その日の昼間重田刑事としたことなど、もちろんぼくは言わなかった。その時だけは、どんな事件とも関係のない楽しい時にしたかったからだ。

「でも、あさってには、関東地方でも梅雨入り宣言をするのではないかしら。」

姉が夕刊の天気図を見ながら言った。

「雨が降りはじめるのは、早くてもあしたの夕方すぎだと思うわ。」

「省一の予想は?」

以前ゲームをやっていた時とおなじように、母がぼくにたずねた。あの頃は、兄がクルクルと予想を変えては意見を言いつづけていたので、かならず母がぼくの意見をきいてくれたんだ。

「雨、降りそうもないね。ちゃんとした梅雨前線ができないで、空梅雨のまま夏がきちゃうんじゃないのかな。お母さんは、どう思うの。」

「そうね。気圧配置では、そんな感じね。では、お母さんの予想を言います。」

母は、あの頃のように、ゲームを楽しんでいる顔をした。

「梅雨入り宣言は、あしたの午後。雨が降りはじめるのは、今夜おそくかな……」

「そんなに、こまかくわかるんですか。」

谷口さんが、おおげさにあきれ顔をした。

「ぼくもカメラマンのはしくれだから、天気には敏感なほうなんだけど。」

言いながら、谷口さんは食事中だというのに立ちあがって、窓を開けた。部屋の中にただよっていたエアコンのサラリとした空気を、窓から入ってきたしめった空気が、ゆったりとかきまぜた。

重田刑事は、いまごろどこで、このしめっぽい風にあたっているのだろう、とぼくは考えていた。

食事は九時ちかくに終わった。

母はワインで少し酔ったのか、うっすらと赤くした頰を満足そうにほころばせていた。

「気持ちよさそうね。後片づけは、あたくしがしますから、お母さまはみなさんとゆっくりしていらっしゃってね。」

母にそう声をかけ、姉は森山さんたちを洋間へ案内した。大人たちはブランデーを飲みはじめた。楽しい時間はつづいていた。

その楽しさがプツリと切れたのは、洋間にうつって三十分ぐらいたった時だった。ソファの背にもたれ、首を深く前にたおした姿で、母がしきりにブツブツ言いだしたんだ。

秋山さんが静かに立って、台所の姉を呼んできた。姉が母の顔をのぞきこんだ。やがて姉は、ぼくたちを見まわしながら、悲しそうな目で首をふった。母の〈心の病気〉がはじまったことを知らせているのだった。

ぼくたちは、そっと母のまわりにあつまった。母の声が聞こえた。

「……憎んでた……邪魔になる……」

数日前の夕方とおなじで、ことばもメロディーもあやふやだったけれど、それはまちがいなくあの歌だった。

「……凪の晩……ナイフをとぎました……」

「お母さま。」

姉が母にそっと呼びかけ、肩をゆすった。

「頭がいたいの。」

つぶやいて母が顔をあげた。どこを見ているのかわからない、ぼんやりとした目は、たくさんの涙でぼうぼうだった。

母を寝室へつれていった姉は、それから一時間ちかくたって、ようやく洋間にもどってきた。母は、なかなか寝つけなかったらしい。寝息をたてたかと思うと、すぐにうす目をあけて、あの歌をつぶやいたりしたのだそうだ。

「でも、もう大丈夫です。やっとおちついたようです。ぐっすりねむりました。」

「一美さん。」

森山さんが立ちあがった。いたわるように姉の肩に手をおいて、やさしくソファにすわらせた。

「病院の話は、あしたにしましょう。話しはじめれば、いろいろと意見もでるだろうし、そう短い時間で決めてしまうような話ではないと思うんですわ。」

「あしたもお仕事をお休みして、よろしいのですか。」

「さっきも言ったでしょう。こちらのお宅へは保養所のつもりできておるんですから。二日や三日はどうにでもなります。」

「あしたも学校があることだしな」と、尚平おじさんが口をはさんだ。「一美さんも省一も、今夜はゆっくりねむったほうがいい。」

それをきっかけに、大人たちは客間へひきあげた。


「省一、背中をあらってあげる。」

ガラスのむこうで姉の声がした。湯ぶねの中で、ぼくは「なぜさ、いいよ」と、あわててことわったけれど、その時はもうドアが開いて、姉が入ってきていた。

尚平おじさんたちが客間へひきあげたあと、ぼくは風呂に入ったんだけど、そこへ姉がとつぜんきたのだった。

「ひさしぶりね、いっしょにお風呂に入るなんて。」

ぼくとむきあうように、姉はからだを湯にしずめた。

ぼくは、どこに目をやっていればいいのかわからなくて、湯を見たり、壁に目をやったり、天井を見あげたりしていた。

「なんだか、とてもなつかしい。省一が小学生になる前は、よくいっしょに入ったわね。行一はね、五年生になるぐらいまで、いっしょに入りたがったのよ。あの子、ちょっといやらしいところがあったから。」

そんなこと言ったら、六年生のぼくはどうなるのさ、と心の中で口をとがらせた。

「でもね、いま思うと、行一は男の子らしい男の子だったのかもしれないわね。いやらしくて、ひとりよがりで、目立ちたがり屋で、そのくせさびしがり屋で……」

姉が、なぜ急にぼくの入っている風呂に来たのか、その時わかったような気がした。姉のしゃべり方が、どことなく悲しそうだったからだ。ふだんの姉には、絶対にない声の調子だった。

父と弟の一人が死に、母が病気になって、すごく心細かったのだと思う。

「省一、なかよくしようね。」

「うん。」

「わたしのこと、好き?」

「うん。」

「お母さんの代わりはできないけど、一所懸命やってみるからたすけてね。」

「うん。」

姉が、両手でぼくの頭をかかえた。自分の胸のほうへひきよせた。ほんとに正直な気持ちを言えば、その少し前まで、ぼくの心臓はドクンドクンと鳴っていた。自分の姉さんだといっても、女の人が裸で目の前にいるんだから、はずかしいけど、ぼくはいやらしい気持ちになっていたんだ。

でも、姉に頭をだきよせられた時には、もうそんな気持ちは消えていた。うそじゃないよ、ほんとにすなおな気持ちになっていたんだ。

そして、姉にあまえてみたかった。自分から、姉のほうへよっていった。

そのとたん、姉はぼくの頭を湯の中へおしこんだ。

あわてて顔をあげると、姉は声をあげて笑っていた。

「ごめんね。なんだか、急にてれくさくなっちゃったわね。」

姉はいきおいよく立ちあがって、湯ぶねから出た。

「さあ、背中をあらってあげるわ。」

ぼくはもう、やぶれかぶれだ、という気持ちになっていた。湯ぶねから出ると、姉に背をむけて腰をおろした。

「ひとつだけ、気になることがあるの。」

ぼくの背中をあらっていた姉の手がとまった。

「あの歌のことなんだけど。〈その頃はやった唄〉のこと。」

「その歌のどこが気になるの。」

「西浦さんが、初めて歌った時のことをおぼえている？」

「うん。お兄ちゃんがギターを弾いたよね。」

「谷口さんが、その歌をおぼえたいから、もういちど歌ってくれって言ったでしょ。その時、お母さまは『もうよしましょう』って。」

「姉さんが、もっと楽しい歌をお母さんに聞かせてあげてって言った。」

「そのあと、西浦さんはお母さまの前では、というより、うちの家族の前では歌わなかったと思うの。なのに、お母さまはあの歌を、どうしておぼえていたのかしら。」

「姉さんだって、おぼえているんじゃないの?」

「ええ」姉の手が、ふたたびぼくの背中で、ゆっくりと上下しはじめた。「わたしは記憶力がいいから」とは言いにくかったのだろう。次に言うことばをさがしているようだった。

「お母さまは」姉が、次のことばをみつけたようだった。「楽しいことや、うれしいことだけを考えて生きていくのが幸せになるコツよって、よく言うでしょ。あんなに恐ろしい歌を、おぼえているわけは絶対にないと思うの。反対にわすれようと努力するんじゃないかしら。」

　姉はぼくの背中に湯をかけて、こんどは自分の背中をあらってくれと、ぼくに石鹼とタオルをわたした。

「お父さまが亡くなった時、だれかが『あの歌のとおりになった』と言ったわ。」

　姉がぼくに背をむけた。

「あの事件のあとで、あの歌を聞いたのなら、お母さまもおぼえているかもしれないわ。お父さまの亡くなり方と歌の内容が、なんとなく似ているから。でも、あの歌を聞いたのは、それより二週間も前じゃなかったかしら。」

「そうだね」ぼくは姉の背中をあらいはじめた。

「ねえ、そんなにそっとじゃ、くすぐったいわ。」

姉がからだをよじった。ぼくは、わざと姉の横腹をくすぐってやった。

「さっきのおかえしさ。」

姉が大さわぎをしながらぼくの手をつかんだ。

「省一も、あの歌をおぼえているでしょ。」

と、姉はからだごとふりかえった。

ぼくは姉のからだから目をそらせて立ちあがった。姉に背をむけてシャワーの湯かげんを調節した。

また、ここで正直な気持ちを言うと、ぼくは姉をもっと見ていたかった。とてもきれいだった。でも、見ている勇気はなかった。ぼくは髪にシャンプーをふりかけ、かたく目をつぶった。

そんなぼくを、姉はみつめているようだった。

「だって、あの日、省一はあの歌をカセット・テープにとっていたもの。西浦さんに歌ってもらわなくても、テープを聞けばおぼえられたはずだものね。」

「そうだよ」ぼくは、姉に嘘をつく気はなかった。

「だから、あの歌をおぼえているよ。」

「でしょうね。でも問題は、お母さまのこと。」

「どういうこと？」

「そのテープを、お母さまに貸したことがある？」

「全然。」

「テープは、どこにあるの？」

「ぼくの部屋。ベッドの横においてあるけど……」

「それじゃ、お母さまは省一がいないあいだに、そのテープを聞いたんだわ。お父さまが亡くなったあとではなく、たぶん行一が亡くなったあとに。」

ぼくの全身に鳥肌がたった。いそいで湯ぶねに入った。

「行一が亡くなったあと、お母さまはあの歌が気になったんだと思うの。お父さまと行一の亡くなり方が、どこかあの歌と似ていると、谷口さんがしきりに言ってたから。」

姉の声が、だんだん聞こえなくなった。ぼくは考えごとをはじめていた。

お母さんは、ぼくにだまってテープを聞いた。お母さんは、ぼくたちの部屋の掃除をしてくれる時でさえ、ことわってから部屋に入るような人だ。ひきだしの中を見たりすることなんかも、絶対にしない人だ。そのお母さんが、ぼくにないしょでテープを聞いた。姉はそう言っている。そんなにまでして、あの歌を聞きなおしたかったのは、なぜなんだろう。

「省一」姉が湯ぶねに入ってきた。「どうしたの。何を考えているの。」

「別に……」

「そう……」

ぼくと姉は、なんとなく目をみつめあい、なんとなく手をにぎりあった。なんとなくほほ笑んで、あとはだまりこくった。

外で雨の音が聞こえはじめた。母の予想があたったんだ。

6　雨の季節

次の日は朝から雨が降っていた。霧雨のような、しっとりとしたこまかい雨だった。

「お母さまの予想どおり、今日の午後にでも梅雨入り宣言が出そうね。」

朝食の用意をしている母の背中に、姉が言った。

「こんな雨の日には、草や木を見にいきたいわね。」

「そうね」母は台所の窓から空を見あげた。

「大山(おおやま)あたりでは、きっと木の葉もツヤツヤしていて、きれいでしょうね。」

大山というのは、このあたりでいちばん高い山だ。うちから車で三十分ほどいけば、その登り口にたどりつける。江戸時代からの古い神社があって、植物の種類も多いんだ。

「学校を休もうかしら。」

ふと、つぶやくように姉が言った。

母がふしぎそうな顔でふりかえった。姉が、ちょっとむりをしたような、あかるい表情をうかべた。

「なんとなく、お母さまを大山へつれていってあげたいなって思っただけ。」

そして、居間にいる尚平おじさんたちのほうをチラリと見た。

「そうだわ。お母さま、西浦さんたちに大山を案内してさしあげたら?」

「雨の日に山登りですか?」

「山登りっていうほどでもないんです。とちゅうまでは車も入れますし。」

言いながら、姉は尚平おじさんをみつめる目にすこし力を入れた。

「雨の季節のはじまりの頃というのは、本当に草木がきれいなんですよ。」

そのことは、ぼくも知っていた。うちの家族は何年か前まで、梅雨に入るとすぐに、近くの丘や山に登ることがあったからだ。

でも、その時の姉の言い方には、なんとなくこじつけたみたいな感じがあった。そのわけがわかったのは、その日の夜だった。


ぼくと姉が学校へいっているあいだに、母は尚平おじさん、森山さん、谷口さん、秋山さんの四人と大山へでかけた。母はとてもよろこんで、だいぶあちこちを歩いたようだった。


そして夜がきて、晩ご飯がすむと、母は早々と床についた。

姉は尚平おじさんたちを洋間へまねいた。

姉が母に、とつぜん山登りなどをすすめた理由が、その時わかった。

「この頃、母はほとんど外出しておりませんでした。好きな野山を歩けば、気もまぎれるでしょうし、夜もよけいなことを悩まないで、ぐっすりねむれると思いました。」

姉はソファにこしかけて、背すじをのばした。

「それに、今夜は母に早くねむってもらわなければなりません。病院のお話をうかがわなくてはなりませんから。」

姉は朝のうちから、そこまで考えていたのか……。ぼくはおどろくというより、あきれるような気持ちで姉の声を聞いていた。それ以上に感心していたのが森山さんや尚平おじさんたちだった。


森山さんが紹介してくれたのは、東京の世田谷区にある、花房サイコクリニックという病院だった。うちからは、東名高速道路をつかえば、一時間ほどでつける距離だった。精神科の病院の良い悪いなんて、ぼくにはわからなかったけれど、森山さんが推薦してくれたというだけで安心できた。

姉は、いろいろと質問していたけれど、森山さんの説明を聞いているうちに、すっかり納得した様子だった。

「それでは、よろしくおねがいします。」

と、姉が頭をさげた時、谷口さんが言った。

「問題は費用だな。精神科の病院というのは、かなり金がかかるものなんだろう？」

「そのことだったら、心配はない。」

姉が口を開く前に、尚平おじさんがサラリと言って、姉にたずねた。

「一美さんは、現在、中道家にどれくらいの財産があるか聞いていますか？」

姉は首をふった。

「あなたのお父さんは、お母さんの病気の費用どころか、あなたや省一君に大学を卒業させても、どうってことないほどの財産をのこしてくれているんです。」

これは初耳だった。というより、ぼくはそういうことを考えたこともなかった。父が死んだあと、毎日の暮らしに必要なお金はどうするのか、ふつうは、そういうことを、もっと心配するのかもしれない。でも、ぼくは考えもしなかったんだ。

「わたしが、なぜ中道家の財産について知っているのか、疑問に思うかもしれない。いい機会だから、話しておきたい。」

尚平おじさんは、すこしあらたまった顔をした。

「きみたちのお父さんが亡くなって三週間ほどたった頃、お母さんのところへ、お父さんのやとっていた弁護士がたずねてきた。」

尚平おじさんの話によれば、そのとき母は、尚平おじさんにも立ちあってほしいとたのんだらしい。母は、こまかいお金の話や父の仕事については、ほとんど知らなかったらしい。そして尚平おじさんは、父の古くからの友人でもあったからだ。

弁護士の話というのは、おもに父の遺産の相続の話だったという。

「その時に知らされた財産を聞いて、わたしはひどくおどろいた。あまりにも多額な金額だったからだ。どうじに安心もした。これなら、のこされた家族がちゃんと暮らしていける、と安心したんだ。」

尚平おじさんは、姉とぼくを交互にみつめた。

「だから、病院の費用のことや、これからの暮らしのことは心配しなくていい。その弁護士に、ちゃんと管理をまかせてある。ただ、一美さん。」

「はい。」

姉は、尚平おじさんの次のことばが予想できていたように、つよくうなずいた。

「お母さんが病気になった。お金のことはともかく、これからは一美さんにいろいろな負担がかかってくると思う。もちろん、わたしたちもできるだけ協力する。しかし……」

「はい。省一といっしょに、やれるだけのことは、やってみるつもりです。」

言いながら、姉がぼくを見てかすかにほほ笑んだような気がした。まえの晩のお風呂でのことを思い出したのかもしれない。

「みなさんに、これ以上のご迷惑をおかけしたくないのですが、どうぞよろしくおねがいいたします。」

姉がていねいに頭をさげて、母の病院行きは決まった。

それから数日後、母は東京へむかった。尚平おじさんと森山さんがついていってくれた。ぼくも姉も、本当は病院へいきたかったのだけれど、また学校を休むのは気がひけた。先生にではなく、重田刑事にまた何を言われるかわからなかったからで、そのほうがいやだった。

それは正解だった。その二日後の金曜日の夕方、重田刑事がうちにきたんだ。

「お母さんはおいでですか。」

玄関で姉と話をする重田刑事の声がした。ぼくはいそいで部屋を出ると、階段のとちゅうで聞き耳をたてた。

「母は東京へでかけておりますが。」

「東京へ？　何か急用でも？」

ぼくは緊張した。姉は嘘をつくのがへただからだ。というより、姉はたぶん嘘なんかめったについたことがないはずなんだ。

母が精神科の病院へいったことは、しばらくだれにも言わないでおこう、ということになっていたので、姉がどんなこたえ方をするのかと、ぼくは緊張したんだ。

ところが、姉はじょうずに嘘をついた。

「東京にある父のスタジオの整理です。」

「なるほど。いままでは、そんな暇もなかったでしょうからな。で、お帰りはいつ？」

「さあ。」

姉は、本気でこまったような声をだした。それもそのはずだ。病院の検査がいつまでかかるかなんて、姉にもわかるわけがない。

「お帰りの日がわからないというんですか。」

「ええ」ひと呼吸おいて、姉があいづちをうった。「弁護士の方との話しあいもあるようですし、学生時代のお友だちとも会ってきたいと申しておりましたから。父が亡くなって以来、母は心のやすまる日がありませんでした。帰る日が決まりしだい、こちらに連絡を入れてくれればいいから、ゆっくりしていらっしゃいと言ってあげました。」

さすが姉さんだ、とぼくは心の中で拍手をした。めったに嘘なんかついたことがなくても、頭が良ければ上手につけるもんだな、と変な感心をした。

重田刑事は、そのあと何かブツブツ言っていたけれど、「では、お帰りになりましたら、わたしに電話をくださるようつたえてください」と、帰っていった。

その直後だった。電話のベルがなった。尚平おじさんからだった。

電話のあと、姉は谷口さんと秋山さんと、そしてぼくを居間に呼んだ。

「母は、あしたの午前中に退院するそうです。検査の結果は、まだわかりませんが、あまり心配しないようにと、西浦さんがおっしゃっていました。」

谷口さんが、ちょっとおおげさによろこんで手をたたいた。

「それで、西浦さんがおっしゃるには、あしたの土曜からあさってにかけて、とまりがけで箱根へいかないかと……」

「ホテルに、ということ?」

谷口さんが、ますますうれしそうな顔をした。

「ええ。森山さんが頼朝館という旅館を紹介してくださったそうです。」

「まったく、あの人は顔がひろい。一美さんも省一君も、大人になって就職するなら、なるべく大会社に入れよ。そこでえらくなりゃ、たいていのことは思うままだ。」

「西浦さんがおっしゃるには」姉が話をもとにもどした。「母を病院からまっすぐ自宅へつれて帰るより、温泉にでも入れてあげて、のんびりさせてはどうかということでした。その時、おりをみて、お医者さまからうかがった話を、みなさんにご報告したいということでした。森山さんはおいそがしくて、ごいっしょできないそうですが、谷口さんと秋山さんのご都合をうかがってほしいとのことでした。」

ぼくもふくめて、だれも都合などわるくなかった。

次の日、ぼくと姉は学校を出たあと家にはもどらず、そのまま電車で小田原へいった。

小田原駅前に、谷口さんと秋山さんが車で待っててくれた。

「お母さんの病気、かるくてほんとによかったな。」

まがりくねった急な坂道を、気持ちよいハンドルさばきで登りながら、谷口さんがぼくに言った。

「小さな旅行だけど、おもいっきり楽しもうよな。」

そして、バックミラーごしに、うしろの席の姉を見た。

「フィルムをごっそり用意してきましたからね。記念にたっぷり撮影しますよ。撮ってもいいですね、一美さん。」

「どうぞ」と姉がこたえ、どうじに助手席にいた秋山さんが、その姉のほうへふりかえった。その秋山さんを、谷口さんがからかった。

「秋山も、カメラマンになればよかった、と思っているんだろう？　こんなきれいなお嬢さんに、堂々とカメラをむけられるなんて、カメラマンぐらいなもんだからな。」

秋山さんは、だまって前をむいた。頼朝館という看板が見えてきた。

7　もっとちがう別の何か

頼朝館には、母と尚平おじさんのほうが先についていた。

部屋の前に立った時、中から母の笑う声が聞こえてきた。

意外だった。くるとちゅう、ぼくは母に会ったら、どんな顔で何を言えばいいのかわからなくて、気分が重かったんだけど、その笑い声を聞いて、ぼくの頭の中は混乱した。なんとなく、部屋の真ん中にひっそりとすわっている母の姿を想像していたからだ。それが、笑っているなんて……。

いつだったか姉は、〈心の病気〉もからだの病気と変わりはない、と言っていたけれど、ぼくはやっぱり、〈心の病気〉を特別な病気だと心の底で思っていたらしい。

箱根の旅館についた時、そんな自分に気がついたんだ。

精神科の病院で治療をうけた人を、ぼくは心のどこかでおそれていた。

ほんとのことを言うと、めずらしがったり、すこし馬鹿にしたり、あわれんだりもしていたんだと思う。

もっと正直に言うと、とてもイヤなことなんだけど、気味わるがったりしていたんだ。

よく〈差別〉っていうけど、〈心の病気〉にかかった人を、ぼくは差別しているんだと思う。ちょっと考えれば良くないことだとわかるんだけど、知らず知らずのうちに、ぼくの心はそういう差別をしてしまうんだ。

それまでも、ずっとそうしてきたにちがいないんだ。自分の母がそうなってみて、ぼくは初めて、そんな自分に気がついたんだ。

部屋の前でぼくは、自分の母親のことも、おなじように差別しているのかと思うと、悲しくて、泣きたくて、どうしてもスリッパをぬげなかった。

「どうしたの。さあ、入りましょ。」

ためらっているぼくの心を見すかしたように、姉がぼくの肩をおしてふすまを開けた。

「やっときたか。おそかったね。」

尚平おじさんが、窓辺のソファから立ちあがった。そのむかい側にこしかけている母のほうへ、姉がかけよった。

「なんだか、とてもひさしぶりみたい。」

姉が母の手をとって、ソファの前にすわった。そして、びっくりするようなことをサラリと言った。

「病院はどうでした？　お医者さまは親切にしてくださった？」

ぼくは、息がつまるかと思った。まさか母に面とむかって、病院のことを言い出すとは思ってもみなかったんだ。

「やさしくしていただきましたよ。とてもきれいでね、感じがよかったわ。」

笑顔でこたえた母のことばも、ぼくをおどろかせた。まるで美容院の話でもしているみたいに聞こえた。

「あなたには面倒をかけたわね。食事のしたくも大変だったでしょう。」

姉の長い髪をなでて、母がありがとうと言った。そしてぼくのほうへ、しずかに笑顔をむけた。

「省一にも心配をかけてごめんなさいね。何かこまったことはなかった？」

首をふって、ぼくも笑顔をかえした。その時になっても、まだ何をどんな顔で話せばいいのかわからなかったから、いちおう笑ってみせただけなんだ。こまった時のぼくって、いつもそうなんだ。笑ってすませてしまうんだ。


「尚平さん、ちょっとこれを――。」

谷口さんが、大きなジュラルミンのケースから、照明用の電球をとりだした。

「撮るの？」

「とうぜんでしょうが。いい記念になるじゃないか。」

尚平おじさんが、プラグを壁のコンセントにさしこんだ。まぶしい光が母と姉をつつんだ。はにかんで母がうつむいた。姉は慣れた様子でスカートのすそをなおした。

「省一もいらっしゃい。」

姉によばれて、ぼくが母のうしろに立つと、フィルムのまわる音がしはじめた。

「これ、写真じゃないんだけどな。ムービーなの。つまり映画。」

谷口さんが、はしゃいだ調子で注文をつけた。

「おしゃべりでもしていてください。ふつうにうごいてくれていいんです。」

母が、自分の肩越しにぼくの手をにぎって、窓の外へ目をやった。

ぼくの手をにぎっている母は、まちがいなくぼくの母だった。病院へいく前の母と、なんの変わりもない母だった。それがふしぎなように感じられていた。

その時になっても、まだぼくだけが、母の〈心の病気〉を特別なことに考えているようで、たまらなく悲しかった。

フィルムのまわる音がとまり、照明が消えた。姉が窓の下をのぞくようにした。

「お母さま、河原へおりてみましょうよ。」

「そうね。西浦さんたちも、どうぞゆっくりなさってくださいね。」

母が立ちあがり、姉がぼくをさそった。ぼくは、あとからいくと言って、ソファにこしかけた。のこっていた母の体温が背中につたわってきた。

その夜、母が床についたのは九時すぎだった。温泉で気分がほぐれたのか、母はすぐにまぶたをとじた。寝息が規則正しくなるのを待って、ぼくと姉はとなりの部屋へいった。

「森山さんがくれた紹介状の威力はすごかった。花房院長自身が、毎日四時間以上もお母さんの話を聞いてくれたんだ。」

ぼくと姉がテーブルにつくと、尚平おじさんがそう切りだした。

「患者の心をひらかせて、ゆっくり話を聞くことが、診察するうえでいちばん大切なことらしい。院長は、お母さんだけではなく、わたしにも長い時間をかけて質問した。お母さんの身のまわりに起こったことを、本人以外の口からも聞いて参考にするらしい。」

「長い話になりそうだな。」

と、谷口さんが立ちあがり、ぼくと姉のために冷蔵庫からコーラをだしてくれた。

「いや、簡単に話すよ。というより、専門的なことは説明できない。結論を言ってしまえば、こんどの診察だけで判断するかぎり、お母さんはほとんど正常だということだ。」

「ほとんど正常か……」谷口さんが苦笑いをした。「茶化すわけじゃないけど、ほとんど正常ということは、すこしだけ異常があるということだろ。そんなことを言ったら、ほとんどの人間がそれにあてはまる。完全に正常な人間なんか、いないと思うんだよ。」

「そのとおりさ。いま谷口が言ったことを、わたしも院長に言った。院長は、なにやらむずかしい話をしてくれたけど、結局わかったことは、正常か異常かは人によってちがうらしい、ということだけだった。つまり、ある人が、それまでとは全然ちがったことをした場合に、その人は正常ではなく異常になったということらしい。」

「わかるような気がします。」

姉がコーラのこまかい泡をみつめて、なんどか首をたてにふった。

「あたくしの友人に、こまかいことが気にならない性格の人がいます。部屋がちらかっていても、手足や服が多少よごれていても、まったく気にしない人でした。ところが、ある時から、急に清潔好きというか、整頓好きというか、何もかも定規ではかったようにきちんとしていなければ、気がすまなくなってしまいました。極端な時には、手のよごれがとれないといって、十分おきぐらいに手をあらっていました。」

「長いこと親しんできたやり方が、急に変わったわけだね。」

尚平おじさんが、丸い大きなサングラスをはずして浴衣のすそでレンズをふいた。

「花房院長がいう異常とは、そういうことらしい。」

「問題なのは、何がきっかけで、その人にとっての正常な心のバランスがくずれたのか、ということですね。」

姉はそうあいづちをうってから、いそいでつけくわえた。

「母の場合は、父と行一の死が、そのきっかけだったのでしょうか。」

「こんどの診察だけでは、そこまでは言いきれない、と院長は言っていた。」

尚平おじさんが、サングラスをかけなおした。

「それは、これからの診察であきらかにすることだというんだよ。ただ……」

尚平おじさんが口ごもった。次に言うことばを頭の中で整理しているようだった。ぼくたちは、じっと待っていた。

「お母さんの心は、あの二つの事件でうけた悲しみを、もうちゃんとのりこえているようだ、と院長は言うんだよ。おそらく、のこされた一美さんや省一君を、これから先、自分ひとりでそだてていかなければならないという責任感が、その悲しみに勝ったのだろう、と言っていた。」

「それじゃ、事件とは別の原因があるということなんですか。」

それまでだまっていた秋山さんが、テーブルの上にからだをのりだすようにした。

「そのようだね」と、尚平おじさんがぼくたちを見まわした。「院長がいうには、『もっとちがう別の何か』が、お母さんの心をきずつけているのではないかと……」

ぼくたちはだまりこみ、一人ひとりが「もっとちがう別の何か」について考えをめぐらせているようだった。窓の外の川の音が、急に大きくなったように感じた。

「ひとつだけ手がかりがあるような気がします。」

姉が立ちあがり、窓辺のソファにうつって、尚平おじさんをみつめた。

「あの歌です。〈その頃はやった唄〉のことですけど。」

「その歌が、お母さんの病気と関係あるっていうの。」

尚平おじさんの、その質問にはこたえず、姉は歌いだした。

子どもは父を憎んでた　働きもんは邪魔になる
そこで子どもは風の晩　こっそりナイフをとぎました
父の寝息をかぎました　刺しても刺してもまだ足りず（アハハハハン）
たいくつまぎれに　チッチッチ　目玉のプリンを食べました

姉は六番まであるその歌を、かみしめるように歌った。

「こんな歌でしたね。どこかまちがっているところはありましたか。」

「いや。詞もメロディーも、ほとんどあっている。」

うなるように尚平おじさんがこたえた。

「わたしは、あの歌を一度しか歌っていないのに、一美さんはよくおぼえていたね。」

「物語のようになっている歌ですから、おぼえやすかったんです。」

と、姉はかすかにほほ笑んだ。

「それにしても、すごい記憶力だ。それはとにかく、一美さんは何が言いたいの。」

「母は、この歌にひどくこだわっています。」

「つまり、その歌がお母さんを苦しめていると……。その歌が『もっとちがう別の何か』ではないか、と一美さんは言いたいんだね。」

「待ってくれよ」谷口さんが、どなるように言った。「たとえば一番の歌詞は、子どもが自分の父親を殺すという内容だぜ。ということは、一美さんか行一君か省一君か、だれかがお父さんを殺したということになる。すくなくとも、お母さんはそう思って悩んでいると、そういうことになるじゃないか。」

「そんなにいそいで結論をだすなよ。」

尚平おじさんが谷口さんの杯に酒をついだ。

「奥さんは、あの歌がきらいだった。そして、わたしがあの歌をうたったのは、勇さんが殺されるまえだった。殺されたあとで歌ったのなら、歌の印象も強烈だから、子どもたちのだれかが父親を殺したのではないかと、奥さんが疑ったり悩んだりすることもあるだろう。でも、そうじゃないんだ。奥さんの病気と、あの歌はむすびつきようがない……」

「でも、母はあの歌にこだわっています。」

姉がくりかえした。

「あの歌のどこにこだわっているのか、なぜこだわっているのか、あたくしにはわかりません。でも、母の病気の原因を知る大きな手がかりの一つであることだけは、たしかだと思います。西浦さん、一度あたくしを花房サイコクリニックへつれていってください。先生に、この歌のことを話してみたいんです。」

箱根へ行ってから一週間ほどたったある日、姉とぼくは尚平おじさんにつれられて、母のつきそいとして、花房サイコクリニックへいった。

母はその病院へ、十日か二週間おきにかようことになっていたんだ。

花房院長は〈その頃はやった唄〉に、意外なほど大きな興味をしめした。母の病気を知る、大きな手がかりになるだろうと言った。

けれど、その手がかりが役立つまえに、つまり〈心の病気〉がなおるまえに、母は死体で発見されたんだ。

第三章

1　カンナの葉のかげで

母が死んだのは、八月の暑いさかりだった。

ぼくは、いますぐにでも、そのことを話したいのだけれど、ひとつだけ別の、あるできごとについて話しておこうと思う。

それは、重田刑事にたいするサービスみたいなものだ。

重田刑事さん。刑事さんは、この一年間に我が家でおこった事件を、ひっしでしらべてきました。でも、わけのわからないことが、まだたくさんあると思います。

ぼくが、この一年間のできごとを、こうしてテープに録音しているのは、けっして刑事さんに協力するためではありません。なんども言うように、ぼくの〈たいくつ病〉をまぎらわせるためなんだ。

だけど、すこしは重田刑事さんにも、すっきりと納得させてあげたくなりました。

これから話すことは、殺人事件の謎とは関係のないことだけど、重田刑事さんがすごくふしぎがっていたことと、とても関係あることだから、よく聞いてほしいんです。

あれは、七月の最初の日曜日の午後だった。

ぼくと姉は、庭の紫陽花(あじさい)の花の数をかぞえていた。引っ越してくるとき、根ごとひきぬいてきて植えかえたので、うまく花が咲くかどうかを母が気にしていたんだ。

植えかえは予想以上にうまくいって、花の数もいつもの年とあまり変わりなかった。

「でも、土が変わったせいか、色がすこしピンクっぽいわね。」

姉がそう言ったとき、

「谷口さんも、観天望気ってやつをやるんですか。」

と、声がした。門の前に重田刑事が立っていた。

「ほら、天気予報みたいなことですよ。」

「ああ、すこしはやりますよ。これでもカメラマンですから。」

谷口さんはガレージの前にいた。

「でも、あまり得意じゃないな。」

「で、どうですか。今夜から明日にかけては。」

「どうですかって、何が？」

「天気ですよ。昼前にスタジオの階段の上で観天望気をしてたんでしょ。いえね、さっきこの近くまで来たとき、谷口さんを見かけたものだから。」

「いや。おれは観天望気なんかしてなかった。」

「そうですか、ちがいましたか。いえね、ひさしぶりに雨がやんだでしょ。この梅雨の中休みが、いつまでつづくのかをしらべているのかと思ったんですよ。しかし、どうしてそんな思いこみをしたんだろう……」

重田刑事が頭をかいた。

姉と紫陽花の前で二人のやりとりを見ていたぼくには、重田刑事のそのしぐさが、やたらにわざとらしく見えた。観天望気の話をきっかけにして、全然別の話題をもちだそうとしているように思えたんだ。

ぼくの予想どおりに、重田刑事はゆっくりと谷口さんに近づいていった。

「ところで、一美さんはカメラマンにとっちゃ、やはり魅力的なモデルなんでしょうな。」

「そりゃそうさ。あれだけ美しい娘は、めったにいないからね。美しいだけじゃない。高貴というか、優雅というか、優しさも知性もそなえている。」

「なるほどね。だから谷口さんは、しょっちゅう一美さんを撮っているんですね。」

「しょっちゅう?」

「ええ。谷口さんが一美さんを撮っているところを、よく見かけます。」

「ああ。あれはファインダーごしに見ているだけだ。フィルムはまわしちゃいない。」

「ほう。それは、またなぜ？」

「カメラマンの癖というか、習性みたいなもんだ。美しいものを見ると、カメラごしに見たくなる。たとえば、それは一美さんじゃなくてもいいんだけど、人ごみの中に美しい人がいたとする。目で見ると、まわりの美しくない人も見えてしまう。ところが、ファインダーで見ると、まわりの人ごみの中から、その美しい人だけを切りとって見ることができるわけだ。そういうことさ。」

「でも、欲求不満になりませんか。」

重田刑事が、また目をこすった。

「おたくは、ここ二、三年で急に売れっ子になったカメラマンでしょ。だからこそ、《幸せな家族》という、一年がかりの大仕事もたのまれたわけですよね。そのあなたが、《幸せな家族》のCMが中止になったあとも、全然仕事をしていない。いまは注文も多いだろうし、仕事をしたくてウズウズしているんじゃないかと思うんですよ。それなのに、いまだに中道さんの家でブラブラしている……」

「大きなお世話だ。」

谷口さんが、重田刑事の話をさえぎった。

「おれは……。いや、おれたちは中道さんが殺された事件に、責任みたいなものを感じている。もちろん、おれたちの中に中道さんを殺した犯人がいるという意味じゃない。ただ、そういう気持ちを大事にしているんだ。」

「信じられないな。」

重田刑事が、うす笑いをうかべた。

「おたくにとっては、いまがカメラマンとして、すごく大事な時期でしょ。金も名誉もつかめる最大のチャンスだ。なのに、ちょっとだけ仕事でつきあった家庭の不幸に、そんなにも同情できるもんですかね。」

「もうだまれよ。」

「本当は、一美さんをモデルにして、何か撮っているんじゃないんですか。それなら話はわかるんだがな。」

「いいからだまれ。」

「すごい傑作を撮っているんじゃないのかなあ。」

「だまれと言ってるんだ。」

谷口さんが顔をひねってつばをはいた。

「あんたとは、もう話さない。こんど、おれの話を聞きたくなったら、逮捕状でももってきて、いやでもしゃべらせるようにすることだな。」

重田刑事さん。いま、ぼくが話した日のこと、おぼえていますか。

刑事さんは、けっこういいセンをついていたと思いますよ。なぜ、谷口さんや尚平おじさんが、一年間もうちにいたのかってこと、そのわけを知ったら刑事さんは口をアングリあけて、あきれかえると思うな。

いまおしえてあげるのは、これだけ。あとは、重田刑事さんに推理する楽しみをのこしておいてあげる。このテープの終わりを聞くまでに、なんとか謎というか、谷口さんたちの本心をあててみてよ。

それじゃ、いよいよ母のことを話すね。

母の死体を発見したのは、こんども森山プロデューサーだった。こんども、というのは、父の死体の第一発見者も森山さんだったからだ。

八月二十九日、午後三時二十分頃――と、森山さんはその時刻をはっきりとおぼえていた。

それから十五分後には、その日うちにいた全員が、母の死体のある裏庭にかけつけていた。母は、自分がそだてていた花壇の中で発見されたんだ。

赤いカンナの花にかこまれて、あおむけになっている母の死体は、夏の終わりの空と雲を、ひとりぽっちでながめていた。


カンナの花。ぼくは、その強い匂いがきらいだった。けれど、濃い緑のその葉には親しみのようなものを感じていた。

ずっと小さかった頃、あの葉のかげにしゃがみこめば、だれにもみつけられないような気がして、夏にはよくそうしていた記憶があるせいだと思う。

きっかけは、かくれんぼだったんじゃないかな。母は一日中つきまとっているぼくと、よく遊んでくれた。かくれんぼをおしえてくれたのも、その母だったはずだ。

大きくなってから聞いたことだけど、姉は幼い頃からひとり遊びが好きだったらしい。父が家にいるときは、そのひとり遊びを父の姿の見えるところでしていたらしい。父は姉をとくにかわいがっていたから、父のほうでそうさせたのかもしれない。

兄は、家にいるよりも、近所の家にいることのほうが好きな子どもだったらしい。それも子どもと遊ぶのではなくて、大人たちに相手をしてもらうことが好きだったという。

そんなわけだから、いちばん年下のぼくに、かくれんぼだけではなく、いろんな遊びをおしえてくれたのは、姉でも兄でもなく母だったんだ。

小さい頃はだれでもそうなのかもしれないけど、ぼくは母の姿が見えなくなると、すごく不安になったんだと思う。かくれんぼをしていても、すぐに自分から出てきてしまって、オニの役をしてくれている母を笑わせたそうだ。

そんなぼくが、あるとき、なかなかみつからないことがあったんだって。

「はじめはね、省一もやっとかくれんぼの楽しみがわかってきたのかなって、お母さんもうれしいような楽しいような気持ちになっていたの。」

と、母はその時の思い出話をした。

「それがね、いつまでたってもみつからないものだから、だんだん心配になってね、省一の名前を呼びながら、ずいぶんさがしまわったわ。」

そのときの、ぼくの名前をよぶ母の声は、いまでもぼくの耳にのこっている。ぼくはカンナの葉のかげにうずくまっていたんだ。

なぜ、そこにかくれたのか、そのあと母はどうやってみつけだしてくれたか、そういうことは全然おぼえていないのだけれど、母のその声と、目の前にある濃い緑の葉の色と、そしてかくれているときの、なんともいえない気持ちは、本当によくおぼえている。

いま考えてみると、そのなんともいえない気持ちって、初めて知ったかくれんぼのおもしろさや、かくれることの楽しさと、すぐに出ていかなければ母がいなくなってしまうのではないかという不安の、いりまじった気持ちだったんだと思う。

そのときから、ぼくは夏になるとカンナの葉のかげにもぐりこんだ。それは、かなり大きくなるまでつづいた。母も、そのときの思い出を大切にしていてくれたのかもしれない。その後も、毎年カンナの花を咲かせてくれた。さわると手にのこるような、あの匂いさえがまんすれば、カンナの葉のかげは、ぼくの秘密の花園だったんだ。

母は、そのカンナの花にかこまれて横たわっていた。

母は警察の病院へはこばれた。若い梅沢刑事がぼくたちを居間にあつめた。居間には重田刑事が待っていた。

「絞殺です。」

言ってから重田刑事は、ぼくを見てやさしいことばに言いかえた。

「つまり、中道由美子さんは首をしめられて殺されたようです。くわしいことをしらべるために、警察の病院で解剖をすることにしました。直接の原因は頸部、つまり首を強くしめられて窒息したことだと考えられますが、ほかにも原因があるかもしれませんから。」

「凶器は縄。」

梅沢刑事が、スーパーのレジで値段をいうときのような、無表情な声で言った。

「縄といっても、最近ではあまり見かけなくなったわら縄。」

「凶器と断定するのは早いよ。」

重田刑事が、かるくしかめた目を梅沢刑事にむけた。

「それに、わら縄だろうというのも推定だ。何しろ、まだみつかっていないんだから。」

ぼくたちは、だれも何も言わなかった。重田刑事は、母の遺体が帰ってくるのは、たぶん明日の昼すぎになるだろう、と言って立ちあがった。

「森山さん、おそれいりますが、警察まできていただけませんか。発見当時のことを、くわしくうかがいたいのです。」

「もちろん、かまいません。」

「ほかのみなさんは、まだしばらくこの部屋にいてください。係官が被害者の部屋などもしらべています。それがすめば、自由に家をつかってください。ただ、外には出ないように。お宅の敷地は広いから、今日じゅうに捜査が終わりそうもないんですよ。」

重田刑事はそう言いのこして、森山さんと警察へむかった。梅沢刑事は、まるでぼくたちをみはるように、居間のドアの外に立っていた。

「絞殺か……」

尚平おじさんが、窓から庭のほうを見ながらつぶやいた。

どうしてそんなことをつぶやいたのか、ぼくにはわかるような気がした。

あの〈その頃はやった唄〉の中に、母親が首をしめられて殺されるという歌詞があったんだ。尚平おじさんは、そのことを思っていたんじゃないかと思う。

2　アリバイ調べ

母の遺体は翌日（八月三十日）警察の病院から帰ってきた。

「やはり単純な絞殺でした。」

重田刑事が、ぼくたちを洋間にあつめて報告した。

「単純な、というのは？」

「ほかに異常はなかった、ということです。」

と、重田刑事は不審顔の尚平おじさんにこたえた。

「たとえば、頭などをなぐって、気絶させておいてから首をしめたとか、睡眠薬をのませておいてから絞殺したとか、そういうことではないということです。」

重田刑事は、ゆっくりとぼくたちを見まわした。

「しかも、被害者にはとくに抵抗してあばれた様子もありませんでした。つまり、犯人が被害者に近づいて首をしめるまで、被害者は安心しきっていたということです。」

「なるほど。顔見知りの人間の犯行だというわけだ。」

谷口さんが重田刑事を不愉快そうな目でみつめた。

「もっと言えば、この中に犯人がいると言うんだろう。それで、これから全員のアリバイ調べをしようというわけだ。」

「被害者を発見したときの様子は、ゆうべ森山さんから聞きました。」

重田刑事は、谷口さんのイヤミな言い方を無視した。

「ざっくばらんに言います。正直な話、この家に起こった事件には手を焼いています。ふつうの人間には理解できないことが多すぎます。中道勇一郎さんの殺害事件については、犯行の手口をほぼ解明できました。しかし犯人を特定、つまり決めつけられないでいます。なぜなら、動機がわからないからです。昨日の事件は、調べをはじめたばかりですから、まだなんともいえませんが、犯行の手口の解明はかんたんでしょう。しかし、わたしの勘では、また何人かの容疑者があらわれ、その動機がわからないために犯人を特定できないのではないか、と恐れているんですよ。」

「それに、はっきりした証拠もみつかってないみたいだしね。」

そう言って秋山さんが、馬鹿にしたような笑い声をあげた。

重田刑事の話がとぎれた。

秋山さんは、父の事件の重要参考人として、なんども警察へつれていかれ、いまでもまだ疑われているらしい。重田刑事の弱気な発言を聞いて、馬鹿にしたくなったんだろう。

「そんなわけで、取り調べだの事情聴取だのという前に、雑談でもなんでもいいから、みなさんと話がしてみたかった。事件そのものより、みなさんの考え方や感じ方のほうが知りたくなったんですよ。そうしないことには、事件も解決できないと……」

「雑談といわれてもね……」谷口さんが、また皮肉っぽい笑いをうかべた。

「結局、おれたちのアリバイから話すのが早いんじゃないの。」

「じゃ、そうしますか。」

重田刑事が梅沢刑事をチラリと見た。梅沢刑事が手帳をひろげた。

「森山さんが中道由美子さんの死体を発見したのは、昨日の午後三時二十分頃のことでした。死亡推定時刻は、ちょうどその頃と推定されています。つまり、由美子さんが犯行にあった直後に、森山さんは被害者を発見したようです。その頃、みなさんはどこで何をしていましたか。」

尚平おじさんと谷口さんのアリバイは、すぐにたしかめられた。

二人は、一時半頃から二時すぎまで、パエリヤという駅前の喫茶店にいた。

「この町では、いちばんうまいコーヒーをのませるんでね。この何か月間か、コーヒーをのむっていうと、その店に入っていたから、マスターとも顔なじみになってます。」

と、尚平おじさんが言い、それはすぐにたしかめられた。パエリヤを出たあとは、四時頃まで河原にいたことが、釣りをしていた男の人にたしかめられている。二人はその人のそばで、ずっと魚釣りを見ていたらしい。


秋山さんの場合は、すっきりとしたアリバイがあるわけではなかった。

「きみは、どこで何をしていたんだ?」

とげとげしい声で、そうきいたのは梅沢刑事だった。

「たぶん二時ぐらいまでは裏庭にいたよ。」

と、秋山さんもとがった声で応じた。

「ほう、裏庭ね。事件のあった現場も裏庭だったな。」

「秋山君は鎌をといでいたんですよ。」

森山さんが、秋山さんをかばうように口をはさんだ。

「昼ご飯のとき、奥さんが『夕方になったら雑草を刈ろうかしら』と言ったんですわ。それで、秋山君が鎌をといであげると……。これで、けっこう気をつかう若者でしてね。」

「ああ、そう」梅沢刑事が、いいかげんな調子であいづちをうった。「で、鎌をとぐのは何時頃までかかったんだ。」

「二時頃まで。」

「そのあとは、何をしてたんだ。」

「そのへんをブラブラしてたよ。」

「そのへんって、どこだ。」

「ちょっと待てよ」と、谷口さんが梅沢刑事にむかって大声をあげた。「これは取り調べか。そうじゃないんだろ。だったら、もうすこしていねいなことばをつかえよ。まるで、秋山を犯人と決めてかかっている口ぶりじゃないか。」

「秋山さんは、あたくしといっしょでした。」

梅沢刑事が谷口さんに何か言うまえに、姉がわりこんだ。

「とぎおわった鎌を物置にしまうところが見えましたから、すこしお話でもしませんかって、あたくしのほうからおさそいしたんです。」

それまで目をとじて話を聞いていた重田刑事が、ぐりっと目をあけた。

「それで、どこで話をしていたんですか。」

「外へ出ました。なんとなく、川のほうへ歩いていきました。」

「何時頃かわかりますか。」

「二時頃ですわな」と、こんどは森山さんが口をはさんだ。「もうすこし正確にいうと、二時五分ってところですかな。」

「それはまた、ずいぶん正確ですね。」

と、からだをのりだした重田刑事に、森山さんがこんな説明をした。

「じつはね、わたしのつくった新しいコマーシャルが、ちょうど二時に初めて放送されたんですわ。プロデューサーとしては、なんの事故もなく放送されるかどうか気になりますからね、見ないわけにはいきません。それで、この部屋でテレビを見ていたというわけです。コマーシャルが無事に放送されたのをたしかめて、テレビのスイッチを切ったんですがね、そのとき門を出ていく二人が見えたんですわ。」

「なるほど、それなら正確ですな。それで、一美さんと秋山さんは、その後ずっと川にいたんですか。」

「いいえ、川の上流のほうへ河原を歩いていきました。そして、栄橋のたもとからバス通りへ出て、あのあたりの林の中を散歩しておりました。木陰のほうがすずしいですから。」

「そして、家に帰ってきた？」

「はい。帰ってみると、森山さんが裏庭のほうから、あわてて走ってきました。それで、母の事件を知ったんです。」

「わたしのことは、ゆうべ警察で刑事さんたちに話しました。しかし、みなさんには何も話していない。いちおう知っておいてもらいましょう。」

　姉と秋山さんの話が終わると、森山さんがぼくたちを順ぐりに見て言った。

「二時のコマーシャルを見たあと、わたしはこの部屋で昼寝をはじめたんですわ。といっても、ぐっすりとねむったわけじゃない。ねむっているような、考えごとをしているような、そんな具合でしたな。それで、ふと思ったんですわ。みんな出かけたようだし、奥さんはひとりぼっちだなってね。で、お茶でもごちそうになりながら、おしゃべりでもしようと思って、居間や台所へいってみたんですが、どこにも見あたらない。そういえば、雑草とりをすると言ってた。それを思い出して、庭へ出てみたんですわ。表の庭にはいなかった。それで、裏庭へまわってみると……。そういうわけですわ。」

「ところで――」と、重田刑事がぼくを見たとたん、谷口さんが両手をひろげた。

「ちょっと、あんた。まさか省一君のアリバイ調べをするつもりじゃないだろうな。」

「いや……」

重田刑事は目をこすった。本当は、ぼくのアリバイ調べをしたかったのだと思うけど、谷口さんの言い方が激しかったので、言いにくくなってしまったらしい。

「もしかしたら、省一君が何か不審なものでも見てなかったかなと……」

「省一」姉がぼくをみつめるようにして言った。「あなたも、みなさんと同じように、刑事さんの質問にこたえたほうがいいわ。」

ぼくはうなずいた。重田刑事が、ほっとしたような表情をうかべた。

「昨日の午後、きみはずっと家の中にいたのかい。」

「だいたいは家の中にいたけど、スタジオの屋上にもいったし、庭へも出た。」

「庭って、表のほうの庭？　それとも裏庭？」

「どっちへもいった。」

「それは、お母さんが裏庭にいるとき？」

「うん。」

みんなの目が、ぼくにあつまった。ぼくは、重田刑事の質問に、嘘のこたえをする気はなかった。でも、ものすごく緊張していた。背中に汗をかきはじめていた。

「ぼく、お母さんにさそわれて裏庭へいったんだ。秋山さんが鎌をとぎ終わった頃で、お母さんが秋山さんにお礼を言ったんだ。」

「ああ、そうだった」秋山さんが、大きくうなずいた。「そのあと一美さんが来て、話でもしましょうって。」

「そのあと、ぼくとお母さんは雑木林へいったり、トマトの畑を見たりして……」

「カンナの花のところへもいったのかい。」

「うん。」

「そうか……」重田刑事が腕組みをした。「秋山さんが鎌をとぎ終わったのは二時頃だから、省一君とお母さんが裏庭へいったのも、その頃ということになる。犯行時間までには、一時間半ほどあるんだな……」

「何を馬鹿なこと言ってるんだ。」

谷口さんが、すごい勢いで立ちあがった。

「犯行時間までに一時間半ほどあるだって？　それじゃ省一君がお母さんを殺したっていうのか。」

「そういう意味じゃないんでしょ。」

森山さんが谷口さんをなだめた。

「省一君が裏庭へいったときとは別のときに犯行がおこなわれた、と重田刑事さんは言いたいんじゃないのかな。つまり、省一君が犯人を見ていないかどうか、そのことを知りたかったと、そういうことなんでしょ。」

「ええ、まあ……」

重田刑事は、あいまいにうなずいた。まだ何か言いたそうだったけれど、

「ご遺体が帰ってきたばかりなのに、すみませんでした。事件のあった直後の捜査が大事なものですから、つい話しこんでしまって。今日は、これで失礼します。」

と、梅沢刑事をうながして、ソファから立ちあがった。玄関まで見送りに出たのは、姉と森山さんと尚平おじさんの三人だけだった。

ぼくの背中は、汗でびっしょりだった。

3　秋山メモ

母のお葬式は、さわがしくおちつきのない雰囲気の中でおこなわれた。

「何かお手つだいすることがあれば——」

と、近所の人がおしかけ、それは父や兄のときよりも多かった。

テレビや雑誌のとりあげる数も、父や兄のときよりずっと多かった。

半年間に三人もの変死者が出た我が家は、それほど興味をもたれていたということだ。

この三人のうち二人、父と母の場合は、あきらかに殺人事件の犠牲者である、と警察は発表していた。そして、その犯人はまだ捕まっていなかった。みんなが興味をもつのはあたりまえだ。

お葬式が終わったあとも、マスコミの人たちは、姉とぼくの話を聞きたがった。

「捜査中の事件なので、マスコミにはあまり話をしないように。」

重田刑事に、そう口止めされたこともあって、ぼくたち姉弟は、ほとんど家から出ることができなかった。

意外だったのは、学校からも、「しばらく登校しないでほしい」というような電話があったことだ。ほかの生徒がおちついて勉強できないからだという。

その電話を受けたのは尚平おじさんだった。おじさんは電話口ですごく怒っていた。

だから母の死後、姉とぼくが登校したのは、けっきょく新学期がはじまって三週間もたってからだった。それも、あるテレビ局の取材にこたえて、

「そういう子どもたちを温かくむかえ、好奇心いっぱいの世間の目からまもりながら教育をするところが、学校ではないのですか。学校は教育の権利を犯し、義務をおこたってい

る。」

と、尚平おじさんが言ったために、こんどは校長先生がテレビ局の取材を受けなければならなくなって、それでやっと登校するようになったんだ。

ぼくとしては、別に勉強がおくれてもよかったんだけど、家にばかりいるのはたいくつだったし、学校のみんながどんな話をしているのか、それを知りたいと思っていた。


十月の最初の日曜日、父の弟の中道勇二郎、つまり姉やぼくの叔父さんがうちにきた。母のお葬式の日にもきてくれたんだけれど、そのときはほとんど話をしなかった。

「一美や省一のことが心配で、もっと早くきたかったんだが、二人に会うまえに、ほかの親戚ともいろいろ相談しておきたかったから……」

叔父さんは、姉とぼくを仏間に呼んで、そう切りだした。

「由美子さんの葬式の日、重田とかいう刑事さんと会った。コマーシャル会社の西浦さんとかいう人が、なかなかよく面倒をみてくれているそうじゃないか。そんな話も聞いたものだから、おちつくのを待っていたんだよ。」

叔父さんは姉とぼくに、これからどうするつもりか、とたずねた。

「どこの親戚も、おまえたちをひきとってもいいと言っている。ただ、二人いっしょにというわけにはいかない。おまえたちは、別々の親戚のうちで暮らすことになるんだが。」

「ありがとうございます。」

姉はていねいに頭をさげた。そして、ぼくを見ながら、「しばらくは省一と二人でやってみます」と、こたえた。

それでいいのか、という目で叔父さんがぼくを見た。ぼくはうなずいた。

「あたくしたちがこの家を出ると、この家にはだれもいなくなります。とうぜん売ってしまうことになると思います。」

姉が、しっかりとした口調でつづけた。

「この家に引っ越してきてから、まだ半年あまりしかたっていません。この家も、新しいスタジオも父の念願でした。せめて一年ぐらいはこの家に住んでやりたいと思います。」

叔父さんが口もとにほほ笑みをうかべて、姉の頭に手をのせた。

「一美はきっとそう言うだろうと、親戚じゅうの者が話していた。一美は小さい頃からしっかりしていたからね。しかし、何かこまったことがあったら、遠慮することはない。どの親戚でもいいから、すぐにたよってきなさい。」

そのあと、叔父さんは尚平おじさんをまねいて洋間に入った。しばらくして、ぼくと姉が呼ばれた。

「わたしは親戚じゅうの者から、一美と省一の後見人にえらばれた。」

「後見人というのは」と、尚平おじさんがぼくに説明してくれた。「かんたんに言えば、両親のいない未成年者、つまり二十歳まえの子どもをまもる人のことだ。その子どもが法律によって、ちゃんとまもられているか、反対に法律をやぶらないようにしているか、それを見まもる人のことだ。」

「わたしが二人の後見人になることは、家庭裁判所の決めたことでもある。」

そう言って、叔父さんが尚平おじさんに笑顔をむけた。

「しかし、しばらくのあいだは西浦さんに、その後見人の代理をおねがいした。おまえたちが、もうすこしこの家で暮らしたいというし、西浦さんもそうしてくださると言ってくださったからだ。一美、省一。それでいいね。」

「よろしくおねがいします。」

と、姉はさっきよりももっとていねいにおじぎをした。ぼくも姉にならって頭をさげた。

その日の夕方、叔父さんは帰っていった。

それから三日後の夜、重田刑事がやってきた。ちょうど晩ご飯がすんだところだった。

用件は、父が殺された事件についてだった。

「中道勇一郎氏を殺害したのは、秋山さんではないか。わたしたちは、この半年間、ずっとそう考えてきました。しかし、その疑いを打ち消す証拠がみつかりました。」

ぼくたちが洋間にあつまり、姉がお茶をはこんでくると、重田刑事はそう話しだした。

「なんだ、真犯人がみつかったっていう話じゃないのか。」

と、谷口さんが鼻の先で笑った。

「残念ですが、それはまだです。秋山さん、迷惑をかけました。あやまります。これからは警察と連絡がとれようと、とれまいと、そんなことは関係ありません。自由にしてください。」

「しかし、それはかなり強力な証拠なんだな。」

尚平おじさんがつぶやいた。

「何しろ、あの日の秋山君は、疑われてもしょうがないような状況にあったからな。」

「ええ」重田刑事が顔をしかめてうなずいた。「事件が起きる一時間ほどまえに、秋山さんと中道さんは争いごとをおこしました。そして、凶器であるカッターナイフは秋山さんのものだった。しかも、中道氏が殺害された時刻、それは四月五日午後十一時から六日午前一時までのあいだと推定されていますが、その時刻に秋山さんは、殺害現場のスタジオに近い庭の車の中にいたのですから。」

「それで、その疑いを晴らす強力な証拠というのは?」

「一美さん」重田刑事は、尚平おじさんの質問にはこたえず、姉をみつめた。「秋山さんのアリバイに関するあなたの証言を、警察は採用することにしました。」

「そうですか」姉は、別におどろいたふうもなく、しずかにこたえた。「もっと早く採用してくだされば、秋山さんは……」

「まあ、それを言わんでください。これには、わけがあるのですから。」

ぼくには、姉と重田刑事との話が、まるで理解できなかった。

それは、尚平おじさんも谷口さんも同じようだった。気のぬけたような顔で姉と重田刑事を交互に見ていた。

ただ、秋山さんだけはちがった。うつむいて、自分の手のあたりをみつめていた。


「中道さんが殺された頃、秋山さんは庭の車の中にひとりでいたと言いました。つまり、アリバイがなかったのです。」

重田刑事が、一言ずつ考えこむように話しだした。

「しかし、事実はちがっていました。車の中には一美さんもいたのです。」

ぼくは、それこそソファから飛びあがるほどおどろいた。そんなの初耳だった。

「そのことは、秋山さんが警察に連行された翌日、あたくし自身が証言しました。」

「しかし、わたしたちは信用しなかった。秋山さん本人が、つよく否定したからです。秋山さんは、ずっとひとりで車の中にいたと言い張りました。なぜだと思います？」

重田刑事が、ぼくたちを見まわした。みんな首をふった。

「わたしたちがその理由を知ったのも、つい最近のことなんですがね、秋山さんはこう言いました。一美さんのお母さんに心配をかけたくなかったからだ、と。」

姉が説明をくわえた。

「あたくしが若い男の方と、二時間も車の中にいっしょにいたと知ったら、母はきっとおどろくにちがいない。不潔なことをしていたのではないかと、母は悲しむにちがいない。『きみのお母さんはご主人を亡くしたばかりだ。これからは、きみがお母さんをささえてあげなくてはいけない。そのためには、たとえ事実でも、お母さんの信頼をうらぎるようなことを言わないほうがいい』警察から出てきた秋山さんは、ある時そう言ってくれました。それが、あの夜ひとりで車の中にいた、と言い張った理由です。」

「秋山も、いい男じゃないの。」

谷口さんが楽しそうに言った。

「それで、そのことを秋山が一美さんに話したのは、いつ？」

「あれは、四月の二十日すぎでしたが、秋山さんから電話がありました。その頃、秋山さんは東京のアパートに帰っていました。いつでも警察と連絡がとれるようになってさえいれば、どこで仕事をしてもかまわないと言われていたからです。その電話で秋山さんは、次の日あたくしに会いたいといいました。そこで、あたくしは次の日の昼すぎ、河原で会うことにしました。六時間目の数学の授業をさぼった日ですから、火曜日です。」

ぼくは腹の中で「あっ」と叫んだ。四月二十日すぎの火曜日というのは、ずっと気になっていたことのあった日だったからだ。

四月二十日すぎの火曜日。それは、五時間目と六時間目をつかって、ぼくたちのクラスが学校の裏山へ写生にいった日だった。

写生をしていると、やがて河原に尚平おじさんと谷口さんがきた。二人は何か熱心に話しあっていた。とくに谷口さんのほうが話に夢中で、大きな身振り手振りをしながら、説明している感じだった。

その二人が帰っていったあと、秋山さんと姉があらわれた。東京にいるはずの秋山さんと、学校にいるはずの姉が、なぜそんな所にいるのか、ずっと気になっていたんだ。

それが、ようやくはっきりしそうなので、ぼくは姉の話に耳をかたむけていた。

「その河原で秋山さんは、あたくしにこう言いました。『きみは、あの夜ぼくと車の中にいたことを、警察にしゃべったんだってね。ぼくのアリバイを証明してくれるつもりだろうけど、そんなことは言わないほうがいい』あたくしは、本当のことだから言いますと、こたえました。すると秋山さんは、『お母さんを心配させるから』と、さっきお話しした理由を、なんどもくりかえしたんです。」

姉が一息ついて呼吸をととのえた。そして、父が殺された夜のできごとを話しはじめた。

「あの夜、あたくしは十時すぎに自分の部屋へもどり、本を読みだしたのですが、秋山さんのことが気になっておちつきませんでした。秋山さんを怒らせたのは、あきらかに父に原因がありました。ですが、二人を遠ざけようと気をきかせたつもりで、秋山さんに写真パネルをつくりたいから手つだって欲しいとたのんだことが、かえって父を刺激してしまったんです。」

姉の目が静かにうごいて、壁にかけてある写真の上でとまった。父が撮った白黒（モノクロ）の、中学生の頃の姉の写真だった。

「父は、あたくしが若い男の方と親しくすることを、ひどくきらっていました。あたくしが秋山さんを自分の部屋へつれていこうとしたことに、がまんできなかったのだと思います。それが二人の争いの直接の原因だと、あたくしには思われました。秋山さんにおわびしようと思い、十一時すこしまえに車へいきました。秋山さんは、助手席のシートをたおして、目をとじていました。あたくしは運転席にすわり、秋山さんにあやまりました。秋山さんは『ほっといてくれ』と言いました。あたくしも、わりと頑固な性格ですから、ゆるしてくれるまで待っていようと思いました。秋山さんが話し始めたのは、一時間もたってからでした。『いいから、もう帰れよ』と言って、街灯の光の中に腕をのばして時計を見ました。『十二時をまわった。こんなところをきみのお父さんに見られたら、また何を言われるかわかったもんじゃない』そう言ったんです。でも、それがきっかけになって、それから二人は、ポツリポツリとでしたが、いろいろな話をしました。秋山さんが関係したCMとか、そこに出演した有名なタレントの話などです。そして、ちょうど一時になったとき、あたくしは秋山さんに『ここでは風邪をひくといけませんから、お部屋でおやすみください』と言いました。ハンドルにもたれるようにしていたあたくしは、目の前のデジタル式の時計がちょうど一時に変わるのを見ていたのです。話をして気持ちがほぐれたのか、秋山さんは何も言わずに車から出ました。部屋へもどったのです。ですから、警察の言うとおり、父の死亡推定時刻が午後十一時から午前一時のあいだだとすれば、あたくしが嘘をついていないかぎり、秋山さんは無実です。」

話を終えた姉は、いちど洋間を出た。しばらくして、コーヒーをはこんできた。ぼくには紅茶をもってきてくれた。

「ところで」コーヒーを一口のんで、重田刑事がぼくたちを見まわした。「いまごろになって、なぜ一美さんの証言を警察が信用する気になったのか、今夜はそれを話しにきたのです。」

コーヒーカップを皿において、重田刑事が目をこすった。

「それは、奥さんが亡くなった事件と関係があります。」

ぼくたち全員が動きをとめた。重田刑事の言おうとしている意味が、まったくわからなかったからだ。

「あの事件のあと、奥さんの部屋をしらべさせてもらいました。もちろん、奥さんは被害者ですから、参考ていどにです。そのとき、あるものを発見しました。押し入れに、段ボール箱入りのパソコンがあったのです。」

ぼくは、ギャッと大声をあげそうになった。

「奥さんとパソコンの取り合わせというのは、ちょっとへんな気がしましてね、一美さんにたずねたところ、それはなくなった行一君のものだということでした。行一君が大切にしていたものだというので、奥さんは大事にしまっておいたんですな。」

ぼくは、自分がほんとにマヌケだと思った。兄のパソコンは、てっきり兄の部屋にそのままおいてあると思いこんでいたからだ。というのも、母は父の部屋も兄の部屋も、二人が生きていたときのままにしておきましょうと、言っていたからだ。

「パソコンのフロッピーには、さまざまなゲームなどが記憶させられていました。その一つに、〈秋山メモ〉というのがありました。これです。」

重田刑事がポケットから一枚のフロッピーをとりだした。


ぼくは兄が〈秋山メモ〉をつくると言った日のことを、よくおぼえている。

秋山さんが初めて警察へつれていかれた日の翌日、四月十三日、父の事件について、大人たちがスタジオで事情聴取を受けている時に、兄はぼくを呼びつけてこう言った。

「秋山は姉さんが好きなんだ。姉さんも秋山が好きかもしれない。お父さんは、そのことを知って、秋山をいびったんだ。だから秋山は、お父さんを殺したんだ。おれ、秋山に復讐してやるつもりだ。」

兄は、秋山さんの行動を調べあげて、はじめはノートにつけるつもりだった。でも、パソコンをもっていることに気がついた。

「しらべたことをパソコンに入れるわけよ。ケヘッ。すげえや。父親殺しの犯人を、息子がパソコンでつきとめるなんて、かっこいいったらありゃしない。」

でも、兄が本気でパソコンをつかった〈秋山メモ〉をつくっているとは知らなかった。

兄はキンキン声で、そうはしゃぎまわった。

その後、兄はぼくの前でパソコンの話をしなかったからだ。

父親殺しの犯人をパソコンでつきとめる、という大手柄を、兄はひとりじめしたかったんじゃないのかな。兄ってそういうやつだった。そんな兄だと知っていたから、ぼくも協力はしなかった。だからパソコンのことは、すっかりわすれていたんだ。

「パソコンの〈秋山メモ〉に入っていたことは、ほとんどがわれわれの知っていることばかりでした。あまり参考になりませんでした。」

重田刑事は、そうすれば中がすけて見えるのではないかとでもいうように、フロッピーを天井の明かりにむけてみつめた。

「しかし一つだけ、重要なことがありました。それが、あの夜のことです。つまり、秋山さんと一美さんが車にいた、午後十一時から午前一時までのことです。行一君は、車の中にいる二人を見ていたんです。」

重田刑事の声を聞きながら、ぼくは別のことを同時に考えていた。

兄はどこから車を見ていたのだろう。兄がいた場所によっては、父を殺した真犯人を見ていたかもしれないんだ。そうだとしたら、ちょっと大ごとになる。

「行一君の〈秋山メモ〉にはこうありました。

○十時二十九分、秋山は家から出て、門の横にとめてあった車にのる。

○ぼくは二階の自分の部屋から、秋山が車から出てくるのを待っていた。そしたら、三十分ぐらいたって、姉さんが出てきた。姉さんは車にのった。

○そのときぼくはピンときた。やっぱり秋山と姉さんは好き同士だったんだ。

○車の中はくらくてよく見えない。どうせ二人はイヤラシイことをしているんだ。

まあ、そのようなことが記録されてました。その後、お二人が車から出てくるまでのことがつづいていました。しかし、それは少年らしい空想力に満ちたものです。ここでお話しする必要はないでしょう。ただ最後に、一美さんと秋山さんが車から出たのは一時だったと、ちゃんと書いてありました。正式にはインプットされていたというんでしょうがね。とにかく、これで一美さんの証言は裏づけられ、秋山さんのアリバイも成立したというわけです。」

「皮肉なもんだな。」

ため息まじりに谷口さんがつぶやいた。

「秋山を、どうしても犯人にしたかった行一君のおかげで、アリバイが証明されたんだからな。だけど、本当によかったよな。ほっとしたぜ。」

ぼくも、ほっとしていた。兄が自分の部屋から車を見ていたということは、真犯人を見ていないということだからだ。兄の部屋からでは、真犯人の行動は見ることができないはずなんだ。

「夜分におしかけて、すみませんでした。今夜はこれで失礼します。」

そう言って重田刑事は立ちあがったのだけれど、

「ところで、こんどの日曜日、森山さんにきていただくことはできませんか。」

と、尚平おじさんにたずねた。

「さあ。たぶんこられると思いますが。呼びますか？」

「できれば。みなさん全員そろったところで、お話ししたいことがあるものですから。」

重田刑事はつかれているようだった。しきりに目をこすりながら、夜道を帰っていった。

4 重田刑事の推理

つぎの日曜日、森山さんの車が門を入ってくるのを見て、ぼくは迎えに出た。午前十時頃のことだった。

「秋らしい日ですな。」

車からおりて、森山さんは空を見あげた。

よく晴れた空だった。かすかにチリチリとする冷たい北西の風が吹いていた。

重田刑事と梅沢刑事がきたのは、それから三時間ほどたってからだった。昼ご飯を食べて、すぐにきたんだと思う。

「お休みの日なのに、わざわざ東京からきていただいて。」

森山さんに、そんなあいさつをしながら重田刑事は洋間に入ってきた。

「今日、みなさんにおいでいただいたのは、中道勇一郎氏殺害事件について、もういちどお話をうかがいたかったからです。」

重田刑事がソファにこしかけ、梅沢刑事がピアノいすにこしをおろした。

「率直に言って、捜査はいきづまっています。ですが、まだ二つだけ手がかりがあると、わたしは考えています。その手がかりを話すまえに……」

言いかけて、重田刑事がくちびるをかるくむすんだ。言いにくそうだった。

「はっきり言います。犯人は中道家の家族の四人と、コマーシャル《幸せな家族》の撮影スタッフの中にいると考えています。つまり、強盗などのような、外部から侵入した人間の犯行ではないと考えているのです。その理由は、あとで説明します。」

ところで、と重田刑事が森山さんのほうへからだをのりだした。

「広告代理店というのは、コマーシャルをつくるまえに、いろいろとこまかく調査をするものなんでしょうね。こんどの場合でいえば、中道家についてとか……」

「もちろんです。撮影後、じつは家庭内に不和があったなんてことが世間に知れたら、そのコマーシャルはつかえませんからね。とくに、《幸せな家族》は一年がかりの大仕事です。莫大な金がかかっています。ですから、慎重に家族をえらびました。その結果、中道家は理想的な家庭だと判断されたのです。」

「その広告代理店が、理想的な家庭だ、と認めた中道家に、家族を殺害するような動機をもった人間がいるとは考えられませんでした。」

「でした？」森山さんが首をかしげた。「いまは、そういう人間がいると考えておいでなのですか。」

「まあ、話をつづけさせてください。」

重田刑事が森山さんのひざをおさえた。

「ところで、撮影スタッフのみなさんにとっても、中道家は大切な家族ですよね。」

「あたりまえだろ。」

谷口さんが、くってかかるように言った。

「こっちは仕事できているんだ。ことばはわるいが、中道家の家族はタレントとおなじで、商品みたいなものだ。それをダメにしたら、こっちも仕事がなくなるんだ。」

「そうですよね……」

「そうさ。だから、さっきあんたが否定した、強盗とかの犯行じゃないの？」

「そう思いたいんですよ、こちらも。しかしね……。まあ、それはあとで言います。それより、さっき言った二つの手がかりについて話させてください。」


「ところで、一美さん。」

二つの手がかりのうちの一つだと前おきして、重田刑事が姉にたずねた。

「お父さんの死体が発見された日の朝、どこかでサンドイッチを見ませんでしたか。」

「サンドイッチですか……？」

「あの夜、中道さんは奥さんに夜食用のサンドイッチをつくっておいてくれ、とたのんだそうですね。スタジオにはもってこなくていい、気晴らしついでに台所へ食べにくるからと……」

「え、ええ。そういえば、たしかに……」

姉はその質問に、何か異様なものを感じたらしい。めずらしく口ごもった。

「あの朝は、たしか……。そういえば、サンドイッチは見なかったような……」

口ごもる姉を目の端で見ながら、ぼくの頭脳はフル回転していた。

そうだ、ぼくはあのサンドイッチのことをわすれていた……。あのサンドイッチは、すごい意味をもっていたんだ……。姉のつぎに質問されるのは、たぶんぼくだ。なんて答えればいい？　うまく答えないと大変なことになる。姉さんも、そんな気がしているんだ。だから口ごもっているんだ。どうする？　おかしな嘘はつかないほうがいいんだろうな。質問されたことにだけは、正直にこたえるんだ。質問されたことにだけは……。

「それじゃ、省一君は見なかったかな。」

ほら、きたぞ。ぼくの番だ。

「あの朝、ですか。」

「そう、あの朝。」

「あの朝……。うん、あの朝はサンドイッチなんか、どこでも見なかったな。」

これでいい。ぼくは正直にこたえた。

尚平おじさんが、ふしぎな生き物でも見るような目で、重田刑事をみつめた。

「あのサンドイッチは、勇さんが夜食に食べたんじゃないの？」

「いや、中道さんの遺体は、警察の病院で解剖しました。しかし、胃の中にサンドイッチはみつからなかった。夜食をたべるまえに中道さんは襲われたんです。とすれば、サンドイッチは台所に、そのままのこされているはずでしょう。だが、翌朝それを見た人はいない……」

「奥さんは、サンドイッチをつくらなかったのですかね。」

森山さんが、腕組みをしてつぶやいた。

「いやいや、そんなはずはありませんわな。あの奥さんは、ご主人がたのんだことを無視するような人でも、うっかりわすれるような人でもなかった……」

谷口さんが、あまり気ののらない声で反論した。

「でも、サンドイッチをつくりたくても、つくれなかった、ということはあるだろう？たまたまパンがなかったとかさ。」

「パンはありましたよ。」

重田刑事が、さらっと言った。

「つぎの日の朝、みなさんの朝食はトーストとハムエッグだったはずです。」

「何？」谷口さんが目をむいた。「そんなことまで……」

「ええ、しらべていますよ。刑事はね、殺害現場だけ見ているわけじゃありません。事件のあった朝、現場検証が終わるまでのあいだ、台所もしっかり見せてもらいました。」

「あ、そう。それで、そのサンドイッチが消えちまったってことが、手がかりの一つだっていうわけ？」

「そうです。」

重田刑事が、ふっと立ちあがった。

「もう一つの手がかりは、スタジオへいってお話ししたいんですが。」

〈く〉の字形の外階段をあがって、ぼくたちはスタジオのドアの前に立った。

姉から受けとった鍵で、梅沢刑事がドアを開けた。

全員が中に入り、梅沢刑事がドアから手をはなすと、ドアはしぜんに閉まった。

「このドアは、閉まると自動的にロックされます。つまり、中道さんがスタジオに入ったあと、このドアには鍵がかかっていました。」

「しかも、このドアは鍵がなければ外からは開けられない。内側からは、ノブをまわすだけで開きますがね。」

と、梅沢刑事が声をはりあげた。やっと自分の出番がきた役者のようにはりきっていた。

「そのうえ、一階の倉庫の鍵もかかっていた。屋上へ出るとびらも内側からロックされていた。つまり、このスタジオは密室だった。」

「そんなことは週刊誌にも書いてあったよ。」

谷口さんが、皮肉っぽい笑いをうかべた。

その横をとおって、重田刑事が姉に近づいた。

「あなたのお父さんは、仕事中に人をスタジオへ入れたがらなかったようですね。」

「はい。仕事の邪魔をされることがきらいでしたから。」

「それは、他人だけですか。家族の方も入れてもらえなかった?」

「ええ。よほどの用事がないかぎりは。」

姉のこたえたことに、嘘はなかった。仕事中の父は、とつぜん他人にこられるのがいやで、スタジオにはチャイムもつけてなかった。

「父をたずねてきた方は、母屋にきていただいて、母かあたくしが父にとりつぐことになっていました。」

母屋とスタジオのあいだは、インターホンでむすばれていたから、それで父にスタジオへいってもいいかどうかを、たしかめなくてはならなかったんだ。

「奥さんか一美さんがとりついだんですね。行一君や省一君は?」

「二人とも父をこわがるというか、恐れていました。尊敬していたせいだと思います。父のほうから声をかけてくれるのを、じっと待っているようなところがありました。」

「きびしい父親だったからな。でも、いい父親であったことはたしかだ。」

と、尚平おじさんがぼくの頭に手をのせニヤリとした。つられたように、重田刑事も笑顔を見せて、姉に質問をつづけた。

「それでは、家族の方がスタジオへいく場合も、まずインターホンで中道さんの許しを得てから、というわけですか?」

「はい。それが習慣になっていましたから。」

「そこで、こんどは森山さんにうかがいたいのですが、中道さんが殺されているのを発見した朝、なぜインターホンをつかわずに、はじめからスタジオへいったんですか。」

「インターホンでは、今日から撮影につきあってくれということを、うまく説得できないと思ったからです。顔を見て話したかったんですわ。ノックして声をかければ、中道さんはドアを開けてくれると思ったんですよ。」

「なるほど」重田刑事はうなずいて、ぼくたちを見まわした。

「では、いまの二つの手がかりをもとに、わたしが推理したことをお話しします。ただ、その推理を聞いたみなさんは怒りだすかもしれません。じつは、なんの裏づけもない推理だからです。あくまで想像です。怒らずに聞いてください。」


「あの夜、秋山さんと争ったあと、中道さんはスタジオにもどって仕事をはじめた。そこへ家族以外の人物がたずねてきても、おそらく中道さんはドアを開けなかったでしょう。何しろ深夜ですし、徹夜で仕事をすると言ってたそうですから。しかし、奥さんか一美さんなら、インターホンで『急用ができた』とかなんとか理由を言って、ドアを開けてもらうことができたかもしれない。」

「ちょっと待てよ。」

谷口さんが大声をあげた。

「それじゃ、奥さんか一美さんのどちらかが、中道さんを殺したっていうのかよ。」

「だから、怒らないでくださいと言ったでしょ。ドアをあけさせる可能性があるのはだれか、ということを想像で話しているだけですから。」

「いくら想像だって」と、顔を真っ赤にした谷口さんを、尚平おじさんがなだめた。

「谷やん。とにかく最後まで聞こうよ。文句をつけるのは、それからだ。」

「では、つづけます。ドアを開けさせる可能性があったのは奥さんと一美さんの二人ですが、犯行のあった時刻、一美さんのほうは秋山さんと車の中にいました。秋山さんのアリバイが成立するのと同時に、一美さんのアリバイも成立したのです。」

谷口さんが、重田刑事の胸をつかもうと手をのばした。

「それじゃ、何か？　奥さんが中道さんを……。ふざけたこと言うな。」

森山さんと尚平おじさんが、あわてて谷口さんをだきとめた。梅沢刑事がどなった。

「刑事に手をふれたら、公務執行妨害で逮捕するぞ。」

「梅沢君。きみまで熱くなるな。」

「しかし、重田さん……」

「いいんだ。怒るのはとうぜんだ。ところで、谷口さん。」

重田刑事が、おだやかな表情をうかべた。

「二つの手がかりのうちの、もう一つのほうを思い出してください。」

「サンドイッチが消えちまったってことだろ。」

「そうです。わたしはね、こう思うんです。サンドイッチは消えたのではない。やはり、奥さんがつくらなかったのではないか……」

谷口さんは、何か言いたそうに口をパクパクさせていたけれど、声にならなかった。

谷口さんだけではない。そこにいる全員が、むっつりとだまりこんでしまった。

「奥さんは、なぜサンドイッチをつくらなかったか。それは、つくる必要がなかったからではないか。中道さんが夜食を食べるまえに、奥さんは中道さんを——」

「もういい。それ以上のことは言わんでください。」

森山さんが悲しそうに目をしばたたかせた。

「どんなに筋のとおった推理でも、想像は想像です。やめましょう、聞きたくない。」

「しかし。」

「うるせえ。」

重田刑事が話をつづけるより先に、谷口さんのからだが跳ねた。重田刑事のからだがはげしい勢いでたおれた。谷口さんがなぐりたおしたのだ。

梅沢刑事が谷口さんをおさえこみ、すばやく手錠をかけた。

「公務執行妨害および傷害現行犯で逮捕する。」

二人の刑事に両腕をかかえられて、谷口さんはスタジオからつれだされた。

ひきずられるように階段をおりながら、谷口さんはわめいていた。

「おまえら、きたねえぞ。秋山のアリバイが証明されて、ほかに犯人をみつけられないもんだから、死んだ奥さんを犯人にしたてあげようってんだろう。死人に口無しだからな。そんなこと、絶対にさせねえぞ。」

その谷口さんは二日後に帰ってきた。重田刑事が、

「あんたの気持ちもわかるが、暴力はいかんよ。」

と言っただけで、釈放してくれたのだそうだ。

それからしばらくのあいだ、重田刑事はうちに来なかった。

ぼくの〈たいくつ病〉が、すこしずつ頭をもたげはじめていた。

5　誕生日に死んだ子

十一月に入ると、ぼくの〈たいくつ病〉は日増しに大きくなっていった。

このままほうっておいたら、自分でも何をしでかすかわからない、という気分になっていた。それをすくってくれたのが、重田刑事だった。

十一月の中頃、とつぜん重田刑事がうちにきて、

「やはり、お父さんを殺害したのは、お母さんだったと思いますよ。」

と、妙にねちっこい声で言ったんだ。

「証拠、というほどのことでもないのですがね、お母さんは亡くなるまえ、ある病気にかかっていたようですね。一美さんもごぞんじでしょう、花房サイコクリニックという病院。お母さんは、なぜ精神科の病院に診てもらわなければならなかったのでしょう。ご主人を殺害したことが、大きな原因になっていたとは考えられませんか。」

その一言で、ぼくの〈たいくつ病〉は、あっというまにふきとんだ。

重田刑事が、また新しい問題をはこんできた。刑事の推理が正しいとか、まちがっているとかは関係ないんだ。刑事がうちにきたり、推理を話したりすることがおもしろいんだ。刑事がうちにくるだけで、たいくつな毎日の暮らしに変化が起きるんだ。

マスコミは、何か事件がないかと、いつも目を光らせているから、重田刑事の推理を聞き出すかもしれない。そうすると、きっとまたテレビ局のレポーターや週刊誌の記者なんかが、うちにおしかけてくるだろう。そうなったら、〈たいくつ病〉なんか起こる暇はない。

でも、ぼくのその期待は、あっさりと裏ぎられた。重田刑事は、それから二、三回うちにきたけれど、そのあとはぱったり来なくなってしまったんだ。

いくらなんでも、〈心の病気〉にかかっていたというだけで、殺人の容疑者にするのは強引すぎた。たぶん重田刑事も、花房サイコクリニックのことをもちだして、こちらの様子をうかがおうとしただけなんだろう。もちろん、マスコミもおしかけてはこなかった。

ぼくの〈たいくつ病〉が、またムクムクとふくれあがってきた。十一月の終わり頃になると、もう爆発寸前だった。


十二月の第一日曜日。柴田浩の誕生日。その冬はじめて雪がふった日だ。

そしてその日から、ぼくの〈たいくつ病〉が、ウソのように消えた。

その日、ぼくの家で柴田浩が死んだんだ。死因は農薬による毒物死だった。

浩の死体が警察の病院へはこばれたあと、重田刑事はぼくたちをスタジオにあつめた。

母屋は、現場検証のまっさいちゅうだった。

「どうして、あの子の誕生会を、この家でやったんだ。」

重田刑事の言い方には、しゃくにさわってしょうがないという感じがいっぱいだった。

父、兄、母とつづいた三つの変死事件を、重田刑事はどれ一つ解決していなかった。その我が家に、また一つ死体がふえたんだ。イライラするのもとうぜんだ。

「ふつう、誕生会ってのは自分の家でやるもんじゃないのかね。」

「あたくしが、おさそいしたんです。」

姉が、そばにいる松倉美知子の肩をだいて、つぎのような説明をした。

午前十時頃、駅前のスーパーへいった姉は、そこで美知子と出会った。美知子は、その日が柴田浩の誕生日で、クレープをつくってあげるつもりだ、と姉にこたえた。

「省ちゃんも、あたしのうちにきてくれるといいんだけど。」

「浩君のお誕生会を、美知子ちゃんのうちでやるの？」

「浩君ちのお誕生会は夜なの。昼間は、子どもたちだけでやることにしたんだけど、この頃うちのクラスの男子って、あんまりお誕生会とかしないの。六年だから塾とかもあるし。だから、あたしのうちに浩君がきて、二人だけでやるの。」

「それなら、うちにこない？」

大人のほうが多いけれど、二人だけでやるよりも楽しいのではないか、と姉が美知子をさそった。

その日は、ひさしぶりに森山プロデューサーもきていて、うちでも何かごちそうをつくって、ゲームなどしようという話になっていた。

「ほんとに省ちゃんちへいってもいいの？」

「もちろん。省一もたいくつしているみたいだから。」

「じゃ、浩君と連絡とってみる。きっとよろこぶと思うな。」

「なるほどね」重田刑事が、うんざりした声をだした。「とにかく、そのあとを聞かせてください。」

「帰ってから、お誕生会のことをお話しすると、みなさんは賛成してくださいました。」

「誕生日のパーティーなんて、最近全然やってないからな。おれもワクワクしたよ。」

と、谷口さんが姉のことばをひきついだ。

ぼくたちは、それぞれが見たり聞いたりしたことを、重田刑事に話した。

松倉美知子と柴田浩は、昼まえにきた。

「省ちゃんにクレープをごちそうするのは、はじめてよね。」

美知子は、すぐにクレープ作りの準備をはじめた。楽しそうだった。

「ねえ、おぼえてる？　ひな祭りの日にクレープを食べにきてって言ったけど、省ちゃんちは引っ越しで、うちに来られなかったじゃない。今日、やっと食べてもらえるね。」

その日のことは、もちろんよくおぼえていた。

「あのときも雪がふってたのよね。」

美知子が、ばかに心のこもったへんじをした。

「それでね、いいこと考えたの。今日のクレープ、生クリームとかアイスクリームとか、白いものでかざるね。雪みたいにするの。」

ぼくは美知子に、なんとなく温かいものを感じた。

大人たちも、谷口さんが言ったとおり、なんとなく浮かれていた。

「それでは、パーティー用の飲み物は、わたしがプレゼントしましょうかね。」

と、森山さんが財布を出して秋山さんを呼んだ。

「すまんが、ひとっ走り買い物にいってきてくださらんか。」

「いいですよ。主役の浩君は、ジュースとかコーラとか、何がいい？」

「ええと、なんでも……」

「コーラがいい。」

遠慮している浩にかわって、美知子が言った。それで決まった。浩は美知子の言うことに反対したことがないんだ。

「秋山、おれも買い物につきあう。車でいこう。」

谷口さんがそう言って、二人はでかけた。

尚平おじさんと森山さんが、居間の窓から外の雪を見ながら話しだした。

「今夜はウイスキーより日本酒がいいな。」

「そうですな。昼間は子どもたちとコーラ。夜は雪見酒。これで火鉢かなんかあって、酒を燗しながらのむなんてのは最高なんですがね。」

「しかし、この頃は火鉢なんか見かけなくなったな。」

「西浦さん」姉が台所から声をかけた。「火鉢なら物置にしまってありますけど。」

「ほんと？　炭もあるの。」

「はい。火ばしも。出してきましょうか。」

「いやいや、それならわたしが出してくる。」

尚平おじさんは、もうニコニコ顔だった。


話がそこまですすんだとき、重田刑事が待ったをかけた。

「それで、西浦さんは物置へいったんですか。」

「もちろんですよ。火鉢に熱燗ときたら、ほうっておく手はないでしょう。」

「そうですか……。」

重田刑事が目頭をおさえた。何か言いたそうだった。

「わたしが物置へいったことが、何か問題なんですか。」

「ええ、まあ。でも、やっぱり誕生会のほうの話を先に聞きましょうか。」

「なんだか気になるな。まあ、いいか。とにかく、谷口君と秋山君が帰ってきて、クレープはまだできていなかったけれど、乾杯だけ先にしようということになったんですよ。」

谷口さんと秋山さんがケースごと買ってきたコーラを、何本かテーブルにならべた。

姉がコーラをコップについだ。尚平おじさんがハッピー・バースデイの歌をうたいだした。

「あたし、コーラの一気飲み競争をやってみたいの。」

コーラで乾杯をしたあと、とつぜん美知子が言い出した。

「このあいだ、うちでやろうとしたらママにしかられちゃった。お行儀がわるいからだめだって。ね、いいでしょ。」

美知子は、あっちこっちに笑顔をばらまいた。笑顔で望みをかなえさせてしまうのは、美知子の得意技だ。

「今日は、おめでたい日だから。」

と、その得意技にひっかかった一番手は、森山プロデューサーだった。

「浩君がやりたいと言ったら、やることにしますかな。」

浩が小さくうなずいた。美知子が言い出したことに、さからうわけがなかった。

「じゃ、決まりね。クレープを食べたあとがいいわ。」

「ねえ、省ちゃん。」

美知子が台所へ行くと、浩が声をひそめて言った。

「コーラの一気飲みって、やったことある?」

「ないよ。でも、テレビで見てるからコツは知ってるよ。」

「どうするのさ。」

「びんの先をスッポリ口の中に入れちゃうんだよ。」

ぼくはテーブルの上の空きびんをとって、のむかっこうをして見せた。

その様子を、浩はにらみつけるような目で見ていた。

「でも、コーラが口からあふれちゃうじゃん。」

「だからさ、口といっしょにのどもパカッと開けるんだってさ。やったことないけど。」

「パカッとか……。ぼく、うまくできるかな。」

「できなくたっていいじゃん。ただのゲームなんだから。」

「でも、うまくいかないと、かっこわるいよ。」

「そういうこと、いちいち気にするなよ。とにかく、ゴクゴクゴクってのまないで、ゴーックンってのめばいいんだってさ。」

そのとき、ぼくを呼ぶ姉の声がした。

「省一、ゆずをとってきてくれないかしら。」

「ゆず？　ああ、ゆずか。いくつ？」

「一つでいいわ。」

「いますぐ？」

「ううん。つかうのは夕ご飯のときだから。でも、パーティーが終わってからでは、暗くなるかもしれないわよ。」

「わかった。とってくる。」

居間から出たところで、ぼくは廊下にコーラのケースがおいてあるのに気がついた。ケースにはコーラが十二、三本のこっていた。

何げなく、ぼくは居間のほうへふりかえった。浩が、まだ栓の空いていないコーラのびんに手をのばしかけていた。が、ぼくの視線に気づいて、その手をスッとひっこめ、何ごともなかったように窓の外へ目をやった。

「一気飲みなんか、へたばっていいじゃん。」

ぼくは、もういちど浩にそう声をかけて、玄関へむかった。

ゆずの木は裏庭の東の外れ、つまり裏庭のスタジオよりにある。玄関を出たぼくは、母屋の北東の角をまがって、ゆずの枝にとびつき、その実を一つもぎとると、そのまま裏庭を走って勝手口のドアを開けた。

　姉にゆずの実を手わたすと、また裏庭へ飛び出した。


　そこで、また重田刑事が口をはさんだ。

「物置は勝手口から見えますね。」

　ぼくはうなずいた。

「そのとき、物置の近くでだれか見なかったかな。」

「別に。」

「刑事さん」尚平おじさんが、丸いサングラスの奥から重田刑事をみつめた。「さっきから物置のことを気にしてるみたいだけど、物置に何があったんです?」

「ちょっとね。あとでまとめて話します。」

「そうですか」納得のいかない顔で、尚平おじさんが話しだした。「とにかく、省一君がもどってきて、しばらくするとパーティーの準備もととのいました。谷口君はパーティーの様子を撮るんだと、カメラや照明も用意しました。」

「ねえ、省ちゃん」美知子が、ぼくの耳もとに口を近づけた。「あのとき、省ちゃんが浩君に何か言ったでしょう。なんて言ったの。」

「なんでもないよ。」

「そう……。あのとき浩君、すごくうれしそうな顔をしたから。」

「そうかな……」

　ぼくと美知子が小声でそんな話をしているのを、重田刑事がじっと見ていた。

「クレープも焼きあがって――」

　と、尚平おじさんが声をはりあげた。重田刑事が、自分の話を聞いていないように見えたので、カチンときたらしい。

「そろそろパーティーをはじめようというときになって、浩君がトイレにいってくると言ったんです。ところが、なかなかもどってこないんで、谷口君が見にいった。」

「おれも、パーティーのとちゅうでトイレに立つのはいやだったからね。」

「そこで、浩君がたおれているのを発見したんですな。」

　やっと重田刑事が、ぼくと美知子から目をはなした。

「浩君がトイレに立ってから何分後ぐらいですか。」

「さあ、五分か十分か……」

　谷口さんが尚平おじさんにたずねた。

「けっこう時間はたっていたよな。」

「そうだな。だから、おかしいと思ったわけだし。」

「浩君がたおれていたのは、トイレといっても、洗面所だけどね。なんだか、すごく苦しんでいた。だきおこして、外へつれだして、みんなを呼んだんだ。」

「そのとき、彼はまだ生きていたと思いますか。」

「ああ、生きてたね。うめいていたもの。」

「わたしも、そう思っとりますわ。」

森山さんが、首と肩をコキコキゆらした。

「一美さんに救急車を呼んでくれと言って、浩君の口に指をつっこんで……」

「つまり、あなたは浩君が毒物で苦しんでいると思ったんですね。」

「はっきりと、そう思ったわけじゃないんですがね……。そんな気がしただけです。」

「じつは、そのとおりなんです。いま鑑識でしらべているさいちゅうですから、はっきりとしたことは言えませんが、どうやら農薬による毒物死のようです。そしてね――」

重田刑事が尚平おじさんをみつめた。

「その農薬は、どうやら裏庭の物置にあったものらしいんですよ。」

「あっ」尚平おじさんが叫んだ。「それで、さっきから物置のことを……」

「ええ。それで西浦さんにうかがいたいのですが、火鉢をとりにいったのはひとりで？」

「いいえ。省一君と浩君と三人で。もちろん、物置のある場所は知っていましたけど、火鉢がどこにあるのかは知らなかったものですから。」

「そのとき、農薬のあることに気がつきましたか。」

「いや、全然。ねえ、刑事さん。」

尚平おじさんが、丸い大きなサングラスをはずして、鼻のつけねを指でおさえた。

「浩君のそばにコーラのびんが落ちていました。そのびんの中に、毒が、つまり農薬が入っていたというんですね。」

重田刑事は答えなかった。

「いずれ検死と毒物の鑑識結果が正式に出たところで、お話しすると思いますが。」

とだけ言って、その日の話は終わった。

つぎの日の新聞には、浩のことが大きくとりあげられていた。でも、どちらかというと、浩の死そのものより、ぼくたちの家のことのほうが、記事の中心になっているようだった。
《有名写真家・故中道勇一郎氏宅で四人目の変死体》
といった見出しがならんでいた。

その日、ぼくたちは、ひとりずつ別々に刑事の取り調べを受けた。

大人たちは警察へ呼び出され、ぼくと姉は自宅でだった。

その日の朝早くに東京へもどる予定だった森山さんと秋山さんは、またしばらく、ぼくの家で足止めされることになった。

ところで、浩の死因については、どの新聞も農薬による毒物死と書いていたけれど、それがどのようにして、浩の口に入ったかは、まったくふれていなかった。

「捜査の都合上ってことで、警察が発表してないんだろう」と言ったのは、尚平おじさんだった。

それが発表されたのは、つまり新聞に出たのは、それから三日後のことだった。それには、こう書いてあった。


（前略）捜査当局はこれまで、浩君の死因を農薬による毒物死であるとだけ発表してきたが、昨日の発表で、農薬はコーラのびんの外側、および被害者自身のてのひらに付着していたものと明らかにした。つまり農薬はコーラの中に混入されていたのではなく、従ってコーラをのんだことが直接の死因ではないと、当局は判断している。

この新聞記事は、世間に大きな反響をまきおこした。

テレビや週刊誌が特集を組んで、謎解きの推理に挑戦していた。

もし、浩の死が他殺であるとしたら、犯人は、びんの外側と手のひらについていた農薬を、どのようにして浩にのませたのか。

もし自殺だとしたら、なぜ農薬をコーラの中に入れなかったのか。

また、もし事故死だとしたら、なぜコーラのびんの外側に農薬がついていたのか。びんをにぎったから、手のひらに農薬がついたのか、手のひらについていたから、びんについたのか。

他殺も自殺も事故死も、どの場合も、びんの中から農薬が発見されなかったということで、大きな謎となっていた。

父、兄、母の場合とちがって、こんどはマスコミも、かんたんにはわすれなかった。

連日、報道陣が家のまわりをとりまいていた。

姉は買い物にいくこともできず、学校も休まなくてはならなかった。もちろん、ぼくもおなじだった。

それでもぼくは、たいくつしていなかった。

テレビにうつる自分の家を見るたびに、なんとも言いようのない気持ちを味わって、けっこうおもしろがっていた。

6　ホワイト・クリスマス

十二月二十二日の夜おそくにふりはじめた雪が、翌日いっぱい激しくふり続き、二十四日の夕方ようやく小止みになった。ちょっと異常な大雪だった。

台風なみの強さをもつ低気圧が、不気味なほどゆっくりとすすんだせいで、箱根の外輪山や丹沢の山々はもちろんのこと、平地にあるぼくの住む町も、雪の白以外にはなんのひと色もない景色となった。

ぼくのうちの庭にも、門と玄関のあいだにも、雪に足あと一つなかった。

その日、うちには姉とぼくのほかに、尚平おじさんと谷口さんがいたんだけど、足あとのない雪は、この二日間だれも外へ出なかったことを示していた。そしてそれは、うちにくる人がひとりもいなかったこともあらわしていた。

雪の原は、ぼくたちと周囲の人たちとを何万キロもへだたせている、海原のようだった。

じつを言えば、ぼくたちは数週間前から、近所の人たちとほとんど行き来しなくなっていた。

春には父が、初夏には兄が、夏には母が、そして冬の初めには柴田浩が変死体で発見された我が家は、マスコミの注目をいっぱいにあびても、近所の人たちからは完全に無視されるようになっていた。

休学届けは出していなかったけれど、浩の事件以来、ぼくも姉もまったく学校へいっていなかった。

買い物もこの町の商店をさけ、谷口さんが週に一度か二度、車で小田原や平塚へまとめ買いにでかけてくれていた。

「今夜はクリスマス・イブですね。」

思い出したように言って、姉が夕食のテーブルにワインをのせた。

「今夜ぐらいは、どうぞめしあがってください。」

「そうだね。たまにはね。」

尚平おじさんがボトルに手をのばした。

浩の事件以来、尚平おじさんたちは、この家でお酒をのまなくなっていた。ときたまつれだって、少しはなれた町まで出かけることがあったんだけど、そんなときのんでくるようだった。

「雪のクリスマス・イブにワインか、わるくないね。」

谷口さんが、両手をこすりあわせた。

「そういえばホワイト・クリスマスなんて、おれは初めてだ。雪もやんだようだし、あとでフィルムをまわすかな。」

こしかけたばかりのいすから立ちあがって、谷口さんは洋間へ足をむけた。カーテンを開ける音がした。

「なるほど、絵になる景色だ。」

という声にさそわれて、ぼくたちも席を立った。

洋間の明かりは消したままになっていた。窓のむこうに庭が見えた。常夜灯の光の下で、青と銀とをまぜたような色の雪がかがやいていた。

「今年はクリスマスもへったくれもないと思っていたんだが」と、尚平おじさんが、ぼくの頭に手をおいた。「省一にだけでも、プレゼントを用意するんだったな。」

そのとき電話が鳴った。姉が受話器をとった。電話は森山さんからだった。

ぼくと姉に、正月を森山さんの家ですごしてはどうか、と言ってきてくれたんだ。

「いま、いろんな意味で、この町は住みにくいのではないか。先のことはとにかく、とりあえず冬休みのあいだだけでも、この家をはなれてはどうか。あたくしと省一さえよければ、遠慮しないで、東京へいらっしゃい。森山さんは、そう言ってくださったの。」

言いながら、姉がぼくに目でたずねてきた。省一、どうする？

「姉さんのすきなほうに決めてよ。ぼく、どっちでもいいから。」

「そう……。それじゃ、せっかくだから森山さんのご好意にあまえましょ。この家にいたのでは、西浦さんも谷口さんも、息がつまってしまいますし。」

その二日後、ぼくたちは谷口さんの運転する車で、雪どけの道を東京へむかった。

東京の吉祥寺にある森山さんの家についたのは、十二月二十六日の午後二時頃だった。

森山家は静かな住宅地にあった。予想外だった。東京のわりと有名な町だというから、もっとさわがしいところかと思っていたんだ。

青緑色の屋根に白い壁、こげ茶色のドアの二階建て。広くはないけど庭もあった。ちょうどバドミントンができそうな広さだった。

あとでわかったことだけど、その庭には芝生が一面にしきつめてあって、すみには花壇と菜園もあった。その日わからなかったのは、まだ雪がたっぷりのこっていたからだ。

森山さんの家族は、奥さんと小学校四年生の女の子だけだった。奥さんは真知(まち)さん、女の子は真三(まみ)ちゃんという。

ついでだからいうけど、真三というのは、奥さんの真知さんの真と、森山雄三さんの三をとってつけたんだそうだ。

それだけではなくて、森山さんがいうには、物事には三つの真実があるんだそうだ。一つは自分から見た真実、もう一つは他人から見た真実、あとの一つは自分と他人とが力をあわせたときに見えてくる真実なんだそうで、真三という名前には、そんな意味があると自慢そうに言っていた。

でも、その真三ちゃんは、自分の名前をきらっているみたいだった。

「シンゾウって読まれて、男の子とまちがえられるんだもん」と、言っていた。学校でのあだ名も『しんぞう』なんだって。

奥さんは少し太っていて、森山さんより大きい感じがした。ちょっとおしゃべりみたいだけど、やさしそうだった。ぼくたちがついた日、ドアのかげで真三ちゃんに、

「一美さんや省一さんに、いろいろききたがるんじゃありませんよ。」

と、言ってるのが聞こえた。気をつかってくれていたんだ。

森山さんの家には、二階にたたみの部屋が二部屋あった。

「両方ともつかってくださっていいのよ。」

と、奥さんが言ってくれたけれど、姉もぼくも一部屋で十分だとことわった。

その夜、ぼくと姉はならんで寝た。

たたみの部屋にふとんをしいて寝るのは、旅館にいるような気がして、母と箱根へいったときのことを思い出した。

あのときの、窓の下を流れる川の水音が聞こえた。耳の奥にひびくその音を聞いているうちに、いつのまにかねむっていた。


その日から大晦日までの五日間、ぼくはほとんど真三ちゃんの相手をしてすごした。

昼間は、吉祥寺の商店街を歩いたり、駅の近くにある公園へでかけたりした。夕方からは、おきまりのファミコンとゲームの相手をさせられた。

真三ちゃんは、ちょっとあまったれなところのある女の子だった。でも、いっしょに遊んでいて、楽しくないことはなかった。負けても、泣いたりふくれたりするような、そんな女の子ではなかったせいだと思う。あまったれだけど、いやみな女の子ではなかったんだ。

姉は、けっこういそがしそうだった。正月の準備をする、奥さんの手つだいをしていたからだ。その姉について、年越しそばをたべながら、奥さんが森山さんにこんなことを言った。

「有名な写真家のお嬢さんだから、何もできない方だと思ってたのよね。ところが台所仕事は手ぎわがいいし、掃除も手早くてきちんとしてるし、買い物をおねがいしても要領がいいの。おどろいたのもおどろいたけど、本当に大だすかりだったわ。」

「頭がいい人というものは、そういうものさ。」

森山さんは、あっさりこたえて目を細めた。


元旦の朝、ぼくと姉が顔をあらっているところへ、森山さんが和服すがたでやってきた。

「新年のあいさつは、いらんのですわ。」

森山さんは顔の前で手をふった。

「おたくにご不幸があって、まだ一年たってませんから。うちのものにも、そう言ってありますから。おとその前に、それだけ言っておこうと思いましてな。」

お節料理のならんだお膳に全員がそろったときも、森山さんは、

「今年もよろしくおねがいします。」

と、すこしていねいな言い方をしただけで、お正月らしいあいさつをしなかった。

奥さんも同じことばをくりかえし、真三ちゃんは「えへへ」と笑ってごまかした。

姉は森山さんや奥さんと同じことばを言いながら、深く頭をさげた。

そのとき玄関のチャイムが鳴った。

「こんなに早くから、お客さま……？」

と、奥さんはびっくりしたように立ちあがった。

にぎやかな声をあげて、谷口さんが入ってきた。そのうしろには、よりそうように尚平おじさんのすがたがあった。

「新年のあいさつまわりにしては、馬鹿に早いじゃありませんか。」

森山さんは二人にお酒をすすめ、

「どうせ、こっちがねらいでしょ。」

と、カメラをかまえるかっこうをした。

「そう。フィルムの回し初めは、やっぱり一美さんや省一君がいいと思ってね。」

そう言って、谷口さんはお年玉の袋を三枚とりだした。

十時ごろ秋山さんがきた。

「暮れのうちは、なかなか時間がとれなくて。」

秋山さんは、本当にすまなそうな顔を姉にむけた。

「でも、四日までは自由だから、東京を案内するよ。省一君も真三ちゃんも、どこへでもつれてってあげるよ。ディズニーランドでもスケート場でもね。」

「あら、うれしい。」

と、最初によろこんだのは、森山さんの奥さんだった。

「それじゃ、大人たちはのんびりできるわ。」

「正月の遊園地で遊ぶ子どもたちか……。いい写真になりそうだな……」

谷口さんがポンと手をうった。

「よし、おれも東京見物に参加するぞ。」

その日、ぼくたちは原宿へいき、ついでに近くにある神社で初詣でをすませ、東京タワーにのぼった。もちろん、谷口さんもいっしょだった。

それから四日まで、にたような日が続き、五日になると秋山さんがすがたを見せなくなった。森山さんも会社がはじまり、家の中は静かになった。

尚平おじさんと谷口さんも、五日と六日は顔を見せず、七日の昼前に車でやってきた。

その日は、ぼくたちが家に帰る日だったんだ。

姉たちが車に荷物をつんでいるのを見ているとき、真三ちゃんがぼくの指をにぎった。

「きいていい?」

真三ちゃんは、何かを決心したような、真剣な顔をしていた。

「省ちゃんは、あんまり学校へいってないんでしょ。」

ぼくや姉のことについて、いろいろときいてはいけないと、母親から言われていた真三ちゃんは、とうとうがまんできなくなっていたんだ。

「転校するかもしれないって、ママが言ってたの。転校するんだったら、吉祥寺にきてもいいと思う？」

「うん。転校するんだったらね」と、ぼくはこたえた。

正直に言うと、そのときぼくは胸の中で、こうつけたしていた。

「でも転校はしないよ。もう学校へはいかないいんだ。」


こうして、ぼくたちの冬休みは終わった。

それを待っていたように、重田刑事がやってきた。八日の午後だった。

「一美さんも省一君も、登校しなかったようですな。」

玄関さきで、重田刑事が尚平おじさんをみつめた。

「後見人代理としては、一美さんはともかく、省一君が義務教育中の児童であることをわすれないでいただきたいものですな。」

「わすれていませんよ。登校はすすめています。しかし、受け入れる側に拒否反応がある。多くはいいませんが、重田さんにはおわかりでしょう。」

「といって、日本国民の義務をおろそかにはできんでしょう。」

「人権も無視しないでほしいもんです。」

「西浦さん、議論しにきたんじゃない。省一君の心配をしにきたんです。」

「その心配より、事件の解決が先でしょう。いままでの事件がすべて解決されていれば、こういう事態はふせげたはずです。」

重田刑事は、尚平おじさんからゆっくりと目をそらした。そして、ぼくの肩をつかんだ。

「なるべく学校にいきなさい。校長や担任の先生には、わたしのほうからもよく話しておくから。それからね、きみの親友の柴田浩君を毒殺した犯人だけど、やっと目星がついてきたよ。」

ぼくの肩をつかんだ手に力が入った。痛かったけど、ぼくは我慢して、「犯人はいつ捕まえるんですか」と、たずねた。

重田刑事は何もこたえなかった。

第四章

1　その頃はやった唄

三月二日。いま時計の針は午後十時二十四分をさしている。

去年の三月三日、ぼくたち家族はこの家に引っ越してきた。あと一時間半ほどで、その日から丸一年がすぎようとしている。

この一年に起こった出来事を、ぼくは何日間もかけて、このテープにふきこんできた。それも、もうじき終わりだ。

朝までにのこらず話し終わるだろうか。終わるといいんだけど……。

どうしても話しておかなくてはならないことで、まだ話していないことは二つある。

一つは姉の一美が焼死体で発見されたこと。もう一つは父、兄、母、柴田浩、そしてその姉の死についての真相だ。

ぼくは、その真相のすべてを知っている。動機も方法もすっかり話すことができる。

だって、ぼくが殺したんだもの。

重田刑事さん――。

刑事さんは、ときどきぼくの顔をじっとみつめることがありましたね。その目は、こう言っているように思えました。

「きみが犯人だということはわかっている。殺した方法もだいたい見当がついている。ただ、絶対にそうだと言いきれる証拠がない。しかし、それよりも問題なのは動機だ。殺したいほど、きみが家族や友人を憎んでいたとは、どうしても思えない……」

そして、このあいだきたときは、洋間のテーブルの上に、おりたたんだ一枚の紙をわすれていきました。でも、本当はわすれたんじゃなくて、わざとおいていったんでしょ。ぼくに見せるために。

その紙には〈その頃はやった唄〉の歌詞が書かれていました。母の字でした。母のノートをコピーした紙だったんですね。

正直いって、その紙を見たとき、ぼくはすごくびっくりしました。

「そりゃそうだろう。きみをおどろかせるために、わざとわすれてきたんだから。あの歌詞の中に、きみの犯した連続殺人の動機がかくされているんだろ。そのことを、わたしが見やぶったと知って、きみはびっくりしたんだろう。」

そう言って、ねむそうな目をこすっている刑事さんの顔が見えるようです。

でも、ちがいますよ。ぼくがびっくりしたわけは、そんなことじゃないんだ。お母さんが……、母があの歌詞を知っていた、ということにおどろいたんだ。知っていなければ書きのこせないからね。

母は、あの歌が嫌いだった。初めて尚平おじさんがあの歌をうたったとき、母はとてもいやそうな顔をして、そんな歌は嫌いだと言ったんだ。

その母が、どうしてあの歌詞を書きのこしていたんだろう……。

ぼくたちが母の異常に気づいた日、たしかに母はあの歌をうたっていた。だから、母があの歌を少しはおぼえているかもしれないとは思っていた。でも、初めから終わりまでちゃんと知っていたとは思わなかった。

尚平おじさんが初めてあの歌をうたったとき、その歌をぼくはカセットテープに録音した。たぶん母は、父と兄が死んだあと、あの歌のことを思い出して、こっそりテープを聞きなおし、そして詞を書きとめたんだと思う。

重田刑事さん——。そして母は、刑事さんと同じように、父や兄の死と、あの歌をむすびつけて考えたんだと思います。つまり、父と兄を殺したのが、ぼくではないかと考えたんですね。

それに気がついた母は、ものすごく悲しくて、苦しくて、とてもとても悩んだんだと思う。だから〈心の病気〉にかかってしまったんだと思う。ぼくは母に……、お母さんに、そのことだけはごめんなさいって……。

泣いてる暇はないな。朝までに何もかも話し終えなければいけないんだから……。

重田刑事さん。母が書きのこした歌詞を、どこでみつけたか知らないけど、たぶん曲は聞いたことがないでしょ。ぼくのカセットテープをみつけたか、尚平おじさんに歌ってもらったかしなければ、いちども聞いたことがないはずだから。

いまからぼくが歌ってあげます。よく聞いていてください。

〈語り〉
これからつぶやくひとふしは　とても悲しい物語
遊んで遊んでまだ足りず　たいくつまぎれにチッチッチ
殺しをおぼえた少年の　とてもせつない物語

子どもは父を憎んでた　働きもんは邪魔になる

そこで子どもは風の晩　こっそりナイフをとぎました
父の寝息をかぎました　刺しても刺してもまだ足りず（アハハハン）
たいくつまぎれにチッチッチ　目玉のプリンを食べました

子どもは母を憎んでた　優しいもんは邪魔になる
そこで子どもは花園で　こっそり縄をないました
母と縄跳びしてました　締めても締めてもまだ足りず（アハハハン）
たいくつまぎれにチッチッチ　長い黒髪焼きました

子どもは兄を憎んでた　いばる奴は邪魔になる
そこで子どもは台所で　ジャガイモぐつぐつ煮てました
兄の背中を蹴りました　ゆでてもゆでてもまだ足りず（アハハハン）
たいくつまぎれにチッチッチ　骨で楽器を彫りました

子どもは姉を憎んでた　きれいなもんは邪魔になる
そこで子どもは納屋の外　マッチを片手に立ちました

姉の逢いびき見てました　燃やして燃やしてまだ足りず（アハハハン）
たいくつまぎれにチッチッチ　アヒルのバーベキューつくりました

子どもは友を憎んでた　仲良しなんか邪魔になる
そこで子どもは誕生日　青酸カリを入れました
友はにっこりのみました　ふんでもふんでもまだ足りず（アハハハン）
たいくつまぎれにチッチッチ　窓からぽんぽんなげました

重田刑事さん――。こんな歌です。明るいような、淋しいような、やさしいような、いいメロディーでしょ。とても歌いやすくて、ぼくは気に入ってるんです。

歌詞を読んだだけの刑事さんは、もっと暗い感じの歌だと思っていたんじゃないかな。それで、ぼくがこの歌に影響を受けて、家族や友だちを殺してしまったと、そう考えたんじゃないのかな。

でも、歌を聞いたぐらいで人殺しなんかするっていうのも、なんとなくウソっぽい感じがしたから、うっかりわすれたようなふりをして、詞のコピーをおいて帰ったんでしょ。

それを見たぼくが、（警察は何もかも知っている、このままでは捕まってしまう、そのまえに自首したほうがいい）と、そう考えるかもしれないと思ったんでしょ。けど、ぼくは自首なんかしませんよ。というか、最初から逃げたりするつもりはなかったんだもの。自分のしたことをかくすつもりだったら、毎日の出来事をこまかくメモしなかったし、それをもとに、こうしてテープに録音したりもしなかったもの。

ぼくは、あの歌を聞いたから、たくさんの人を殺したわけじゃないんだ。

はじめは、つまり父が死んだのは、半分は偶然だったんだ。父が死んでしまってから、あの歌と似ているなって思ったくらいなんだもの。

あの歌に出てくる子どもも、毎日すごくたいくつしていたんだと思うんだ。ぼくも、そうだったんだ。母がぼくに、「また省一のたいくつ病がはじまったわ」と、よく言ってたけど、ほんとにそのとおりなんだ。

ところで、父が死んだあと、ぼくのまわりにはいろんな出来事が起こった。

警察はくるし、テレビ局とか新聞記者とかもくるし、だいいちお葬式に出たのも初めてだった。学校のみんなも話を聞きたがるし、たいくつなんかしている暇はなかった。

それは、ぼくにとって、すごい発見だった。人が死ぬと〈たいくつ病〉の起こる暇もないことがわかったんだ。

でもね、〈たいくつ病〉だけが動機の全部じゃないよ。もっと別の理由があったんだ。

それじゃ、重田刑事さん。いまからみんなをどうやって殺したのか、ほんとの動機はなんだったのか、そのことを話すね。

ほんとは、黒こげになって死んだ姉のことを、先に話さなくてはいけないのかもしれないけどね……。

2　父のこと

あの夜ぼくは、父にたいして少しだけ憎しみのようなものを感じていた。

あの夜というのは、父が死ぬ前の晩のことだ。

それまでのぼくは、父をとくべつ好きだとも嫌いだとも思っていなかった。へんな言い方かもしれないけど、自分とはあまり関係のない人のように感じていたんだ。

ぼくが生まれた頃、父はもう有名な写真家になっていた。とてもいそがしいらしくて、めったに顔をあわせることがなかったから、それほど親しみも感じなかったんだ。

それでも、小学校の三年になった頃からは、父のことを尊敬するようになっていた。近所の人とか、学校の先生とかが、「りっぱなお父さんがいていいね」みたいなことを言うもんだから、そういう気持ちになったんだ。母も、父のことをほめてばかりいたしね。

それに、夏休みとか冬休みとかに家族で旅行したりすると、いろんなことをおしえてくれたしね。神社の伝説とか、道路標識の見方とか、まえにも言った観天望気とかね。だから、父のことは嫌いじゃなかったけど、そういうことってたまにしかないから、うんと好きになるっていうこともなかったんだ。ちょっと怖い感じもしてたし。

とにかくぼくは、父のことが好きでも嫌いでもなかった。

だけど、あの夜だけはちょっとムカついた。《幸せな家族》のコマーシャルのことで、父のやり方に不満というか、ムカムカするようなものを感じていたんだ。

あの夜、父と秋山さんとのあいだで争いがおこった。姉が、秋山さんを父から離そうとしたことで、かえって父の怒りが大きくなった。

父は、母に夜食用のサンドイッチを用意しておくように言って、スタジオへもどった。ぼくたちも、それぞれ自分の部屋にもどった。秋山さんは車の中で寝るといって外へ出たことで、犯人にされそうになったんだけど、その話はもうしなくていいよね。

部屋にもどったぼくは、それから一時間ほど机にむかっていた。その日の出来事をノートにつけていたんだ。

そのうち、だんだんムカついてきた。秋山さんに同情したとか、そういうことじゃなくて、このままでは《幸せな家族》のコマーシャル撮影が中止になると思ったんだ。

　別に、コマーシャルに出たかったわけじゃない。目立ちたがり屋の兄とはちがうからね。ただ、コマーシャルの撮影隊と一年間つきあえることなんて、めったにないことだから、いろいろおもしろいことが見られるにちがいないと、期待していたんだ。きっと、たいくつしなくてすむだろうな、と思っていたんだ。

　それに、いばりくさっている父のあの態度を見ているのも、たまらなくいやだった。

　ふだんからぼくは、いばっているやつを見ると、（なにをエッラソーに）っていう気分になる。けど、気が弱いっていうか、けんかをしたり、文句をいったりすることができない性格だから、そういうときもだまっているんだ。

　そのくせ、（いやなやつだな。いまに見ていろ）みたいな感じはいつも心にのこっていて、いばっているやつをいじめる方法なんかジトーッと考えているんだ。いろんな場面を空想して、頭の中でそういうやつをイビルのさ。

　空想の中のイビリがうまくいって、相手がベエベエ泣き出すところまで思いうかんだりすると、首のうしろのあたりがジーンとしびれるような、すごくいい気持ちになるんだ。

　それで、その夜も頭の中で父をイビルことにした。でも、うまくいかなかった。いくら考えても、父がベエベエ泣くような場面が思いうかばなかったんだ。

そのうち、じっとしているのがたまらなくなってきた。大声を出したいような、跳びはねたいような、自分のからだをどうしていいのかわからなくなってきた。

ぼくは部屋を出た。水でものめば、すこしはおちつくと思った。

台所へいくと、テーブルの上にサンドイッチがあった。母が、父のためにつくった夜食だ。

そのサンドイッチを見たとたん、よけいムカムカしてきた。エッラソーに夜食を用意させておいたって、どうせ仕事なんか終わりっこないんだ。あしたになれば、また別の仕事があるって言いだすにきまってるんだ。

そう思ったときには、皿全体をつつむようにかけてあるラップの上から、サンドイッチに指をつきたてていた。それまでは空想の中でしかしたことのないイビリやイタズラを、ぼくは実際にやっていたんだ。

パンがへこみ、あいだにはさんであったトマトやレタスがはみだした。ラップの内側にバターかマヨネーズか、何か白いものがくっついた。よごれたラップを見て、おなかのへんが重いような熱いような、吐きたいような気分になった。

せっかくお母さんがつくったサンドイッチなのに、せっかくお母さんがきれいにラップをかけておいたのに、こんなことをぼくにさせたのは、お父さんがぼくをムカムカさせたからなんだ……。ずいぶん自分勝手な話だけど、ぼくはそう思ったんだ。

なんだか知らないけど、すごく腹が立っていた。サンドイッチを、かけてあったラップでつつむと、めちゃくちゃにおしつぶした。からだがよけい熱くなった。秋山さんの赤いカッターナイフが頭にうかんだ。

道具箱は居間の前の廊下にあった。ぼくはカッターナイフをとりだした。

台所にもどり、空の皿を食器棚にしまうと、ぼくは勝手口のドアを開けた。ゴムぞうりをはいて裏庭へ出ると、ぼくはサンドイッチを地面において、カッターナイフをつきたてた。なんどもなんどもつきたてた。

そのとき、トイレの水を流す音が聞こえた。ドキッとして、息がつまるかと思った。トイレに入っていたのが母だったらどうしよう、と思った。

トイレから出たあと、母は台所にくるかもしれない。サンドイッチがないことに気づいたらどうしよう。父が食べたと思ってくれればいいんだけど……。そんなこと、母が思うはずがない。父が夜食を食べるにはまだ時間が早すぎた。

ぼくはあせった。むちゅうで裏庭をとおって玄関の横に出た。でも、グチャグチャになったサンドイッチをもったまま家へ入るわけにはいかなかった。

スタジオの裏の暗がりに飛びこんだ。藪の中に浅い穴をほり、サンドイッチをなげこんだ。その上に、土をかきあつめてかぶせた。

心臓がのどの真下でドクドク鳴っていた。肩とかひざとか足首とか、そういうところが全部バラバラなふるえ方をしていた。怖かった。空想の中でしかしたことのない悪さを、初めてやってしまった怖さだったと思う。

すぐには部屋へもどれないぞ。まだだれか起きているかもしれないぞ。見られたら、ぼくがサンドイッチをすてたことがばれてしまうぞ。だれにみつかってもかまわないけど、お母さんにだけは知られちゃだめだぞ。

ぼくはふるえながら、自分にそう言い聞かせていた。

藪からでると、ぼくはスタジオの裏をぐるりとまわって、母屋の玄関からいちばん遠い所にすわりこんだ。そこなら、だれにも見られる心配はなかった。

しばらくして、もっと安全な場所のあることに気がついた。スタジオの屋上だ。こんな夜ふけに、屋上にくる人はいないはずだと思った。

ぼくはスタジオの外階段をのぼって屋上へあがった。

屋上にあと四、五段というところで、ぼくは思わず階段に身をふせた。だれもいないはずの屋上に、ぼうっと光が見えたからだ。

じっとしたまま耳をすませた。かすかに音楽が聞こえた。ヴァイオリンの曲だった。父の好きな《序奏とロンド・カプリチオーソ》らしかった。父はこの曲を《ロン・カプ》と呼んで、しょっちゅう聞いていた。

聞こえてくるのはその音楽だけだった。人のいる気配はなかった。

思いきって顔をあげてみた。屋上にはだれもいなかった。見えるのはぼんやりとした明かりだけだった。おちついて見てみると、なんの明かりかすぐにわかった。

屋上とスタジオをむすぶ出入り口の、マンホールのふたに似た鉄のとびらが開いていて、そこにスタジオの光が下からあたっているのだった。

ぼくは、はうようにして階段をのぼった。そのときになって、まだカッターナイフをにぎりっぱなしでいることに気がついた。

カッターナイフを胸のポケットに入れて、光のほうへすすんだ。

開いた鉄のとびらから顔をつき出すようにして、ぼくはスタジオを見おろした。真下に、壁にとりつけられた垂直な鉄のはしごがある。そのはしごのすぐ前に父がいた。つまり、ぼくは真上から父の頭を見ることになった。

父はずいぶんと小さく見えた。スタジオは二階と三階をぶちぬいた高さがあるんだけれど、その高さのせいばかりではなかった。よく見ると、父はコンクリートの床にすわりこんでいた。すわっている分、いつもより小さく見えたのだ。

しばらくながめていたけれど、父はまったくからだをうごかさなかった。何かをじっと見つめているか、考えごとをしているかのようだった。

いつのまにか《ロン・カプ》は終わっていた。あたりには物音ひとつしなかった。

ふいに父の左手が横にのびた。小さな丸いテーブルの上のグラスをつかんだ。茶色の液体が入っていた。父はそれを一気にのみほした。顔が上をむいた。あわててぼくは顔をひっこめた。ぼくに気づいた様子はなかった。

次にぼくが下を見たとき、父は茶色の液体をびんからグラスにそそいでいた。ウイスキーかブランデーのようだった。それを見て、ぼくは首のうしろがカッと熱くなるのを感じた。

それはないんじゃないの。さっき、お父さんは、あしたの朝までに仕事を終わらせる、だから夜食のサンドイッチをつくっておけって、お母さんにいいつけたんじゃないか。なのに、なぜ酒なんかのんでいるのさ。そういうのって、ひどすぎるんじゃないの。

ぼくの頭の中には、そんなことばが飛びまわっていた。

そのとき、ボソッと何かつぶやいて、父が立ちあがった。少しよろけた。酔っているよ

うだった。入り口のドアのほうへ五、六歩すすみ、天井のほうを見あげた。

　そのときはじめて、大きな板のようなものが天井からつりさげられているのに、ぼくは気がついた。ぼくのベッドほどもある、大きな写真パネルだった。

　ぼくのよく知っている写真だ。洋間にかざってある姉の写真。父が見あげているのは、それをうんと大きくひきのばしてパネルにしたものだった。

　父が写真にむかって、また何かつぶやいた。ぼくは鉄のとびらをしっかりとにぎり、その穴のような丸い出入り口に首をつっこんだ。耳を澄ませた。

「一美。おまえは、まだまだ子どもだな。」

　父のことばがはっきりと聞きとれた。

「おれは、おまえを最高の女にしようと、いろんなことをおしえてきた。行一や省一をほうっておいても、おまえだけはつれてあるいた。いつもそばにおいて、おれのすることや考え方を、しっかりおぼえこませるためだ。本物の男がどういうものか、子どものうちからおしえこむためだ。」

　父がグラスの酒をまたのみほした。

「おまえが十人並みの少女だったら、そんな気は起こさなかった。自分の娘だというだけで、たいしてかわいくもない女の子をうっとりみつめるような、そんな父親ではない。おれはプロの写真家の目で見て、おまえを美しいと思っている。そして、この頃はますます美しくなっている。」

父の声は、だんだん大きくなっていった。

「そしてかしこい。学校の成績だけを言ってるんじゃない。おまえには、天才的なひらめきがある。物事を判断する力もすぐれている。このままそだてば、おまえは世界をうごかす女のひとりになるだろう。くだらぬものを見るな。本物だけを見ろ。雑音に耳を貸すな。真に価値のあることばにだけ耳を澄ますのだ。能無し男に惑わされるな。すぐれた男にだけ目をむけろ。」

しまいにはどなるように言って、父はグラスを口もとへはこんだ。けれど、グラスは空だった。父はグラスをコンクリートの床になげすてた。意外なほど大きな音をたててグラスがくだけた。そのことが、父の気持ちをよけいにたかぶらせたようだった。

「いいか、一美。おまえはかしこいが、まだ男のことなど何もわかってはいないんだぞ。まだまだ子どもだと言ったのは、そのことだ。」

まるで、本人が目の前にいるみたいな調子で、父はつづけた。

「おれ以外の男に目をむけるな。くだらぬ男とつきあえば、女の魅力などはすぐに消えてしまうんだぞ。なのに、なのに、どうしておまえは、あんなくだらない男とつきあうのだ。」

父の興奮している理由が、ぼくにもやっとわかった。姉と秋山さんが親しくしていることを、父は気にしていたんだ。

「くそっ」とつぜん父が写真パネルをひきおろした。鎖が切れて、パネルは床に落ちた。

「もう、いい。おまえなんかに用はない。」

父は荒れくるっていた。写真パネルをふみつけ、そしてひきさいた。酔っているせいだと、ぼくは思った。そうでなければ、気が狂ったとしか思えなかった。

こなごなになった写真パネルを、父はけちらし、まきちらした。肩で息をしていた。酒をびんからじかにのんだ。そして、とつぜんびんをほうりだすと、スタジオのすみの棚にかけより、引き出しから週刊誌くらいの大きさの写真の束をとりだした。

「おまえは、そのへんをうろついている、どうでもいい女になりかけている。おれは、お父さんは、おまえがそんな女になるのを絶対にゆるさないからな。」

叫びながら父は、写真を床にばらまいた。どれも姉の写真だった。

「だがな、一美。おれはまだあきらめきったわけじゃないぞ。」

ふいに父が笑いだした。

「ようするに、これ以上おまえと秋山を親しくさせなければいいんだ。それには、どうするか。《幸せな家族》の撮影をあきらめさせればいいんだよ。尚平たちはおちついたふりをしているが、そろそろ撮影を開始しなければ、期日にまにあわないはずだ。だから、秋山もお父さんに文句をつけたのさ。みんなの気持ちを代弁したつもりなんだろうが、それが若気のいたりというやつだ。あれでおれは完全にヘソをまげた。今夜は徹夜で仕事をかたづけるなんて言ったが、ふん、だれがやるものか。うちの家族はCMなんかに出さない。ほかの幸せそうな家族をさがせばいい。」

ぼくは一瞬めまいを感じた。「きたねえぞ」ということばが頭の中にあふれ、耳鳴りみたいにくりかえし聞こえていた。からだがふるえだした。

そのときだった。ぼくの目にまっすぐ落ちていく赤いものが映った。それは、あっというまにスタジオの床ではずみ、強く硬い音をたてた。赤いカッターナイフだった。ぼくがからだをのりだしすぎて、胸のポケットからすべり落ちたんだ。

おどろきの声をあげて父は飛びのき、すばやく床に落ちたものをたしかめると、鉄のはしごにそって目をあげた。

すぐに顔をひっこめればよかったのに、ぼくはうごくことができなかった。思いがけないできごとで、ぼくは馬鹿みたいにぼんやりしていた。

父と目があった。どちらも目をそらさなかった。みつめあっているというよりは、遠い景色でもながめているような、そんな焦点の定まらない目つきで相手の顔のあたりを見ていた。

長い時がすぎた。父のからだから、すっと力がぬけたように見えた。ゆっくりとした動作でカッターナイフをひろいあげた。ふたたび顔をあげて、ぼくを手招きした。

つりこまれるように、ぼくはうなずいた。うしろむきになって鉄のはしごに足をかけた。

「ぬげ」と、父が言った。ゴムぞうりのことだった。

「閉めておけ。ロックもだ」と、父が続けた。ぼくはゴムぞうりをぬいで屋上においた。片手ではしごをにぎり、もう一方の手で丸い鉄のとびらを閉めると、ガスの元栓のようなコックをまわした。

何も考えていなかった。父のいうとおりにうごいていた。

下におり立ち、父とむきあった。父がカッターナイフをさしだした。

「秋山のだな。」

ぼくは目をふせた。父はカッターナイフのねじをゆるめて、刃をいっぱいにおし出した。

「あいつはさっき、これでお父さんを刺そうとした。省一も見ていただろ。」

父はカッターナイフの刃をひきもどし、そしてまたおし出した。

「あの若造は、お父さんを殺そうとしたんだよ。」

父の顔が近づいてきた。酒臭い息がかかった。

「ところで、おまえは屋上で何をしていたんだ。お父さんを監視していたのか。そうか、そうなんだな。今夜、お父さんがちゃんと仕事をするかどうか、それを見にきたんだな。」

このときも、ぼくの頭の中は空っぽだった。何がどうなっているのか、なんでこんなことになったのか、さっぱりわからなくてうつむいていた。

「なるほど、わかった。おまえもコマーシャルに出たいんだな。早く撮影がはじまってほしいんだな。」

父がぼくのあごをつかんで顔を上にむけさせた。

「本気でコマーシャルに出たがっているのは、行一だけかと思ってたよ。おまえもそうだったのか。あんなもののどこがいいんだ。おまえたちは、どうしてあんなくだらないものに夢中になるんだ。もうすこしましなことに興味をもてないのか。」

父の指先があごの下にくいこんで痛かった。

「省一、言っておくが、お父さんはあしたも仕事をするぞ。あさっても、しあさってもだ。コマーシャルの撮影なんかにつきあわない。」

父は声をあげて笑い、無造作にカッターナイフをほうりなげた。

「そういえば、おまえはなんでそんなものをもってきたんだ。」

父が奇妙な具合に顔をまげて、笑っているのか、にらんでいるのかわからない表情をうかべた。目が赤かった。

「そうか、秋山にたのまれたのか。お父さんが仕事をさぼっているようだったら、そのナイフでおどかしてこいってたのまれたのか。」

そんなこと、秋山さんがたのむはずもなく、ぼくがひきうけるはずもなかった。父は、まともな考えができないほど酔っていた。父がカッターナイフをひろいあげた。

「こうやって、おどしてこいってたのまれたのか。」

カッターナイフの刃をおし出し、ぼくのほうへ足を一歩ふみだした。ところが――。

そこには、さっき父がラッパ飲みした酒のびんがころがっていた。

足をとられて、父はひっくりかえった。カッターナイフをもっていたほうの手がからだの下敷きになった。短い間があって、父がはじかれたように上体を起こした。父の顔の横から、赤いきれのようなものが飛び出した。首のつけねからふき出している血だった。

ころんだはずみに、首を刺してしまったんだ。

反射的に、ぼくは父の手からカッターナイフをもぎとった。なぜか知らないけど、そのときぼくの耳の奥に（チャンスだ）という声が聞こえた。カッターナイフをふりあげた。

「省一」かすれた声がした。父がぼくをみつめていた。「そのナイフを、よくふいて、そのへんにころがしておけ。」

父は両手で自分の首をしめるようなかっこうをしていた。血をおさえていたんだ。指のあいだから血がわき出ていた。嘘みたいに、父はおちついていた。声がしゃがれていなければ、ちょっと横になっているといった感じだった。

「机の上にタオルがある。はしごと上のとびらをふいておけ。指紋を消すんだ。屋上のはきものをわすれるな。出るのはドアからだ。いいな、お父さんが事故で死んだと、だれにも言うんじゃないぞ。」

父の言っている意味がわかったのは、自分の部屋にもどってからだった。そのときは、まるで父にコントロールされるラジコン・ロボットのように、言われたとおりのことをしていた。

つまり、鉄のはしごをのぼり、屋上の出入り口の鉄のとびらをおし開け、ゴムぞうりをとって床になげ、そして再びとびらを閉め、コックをひねり、あたりをタオルでふき、はしごもふきながら下におりた。

父は、もうぼくを見ていなかった。たぶん息もしていなかったのだと思う。ぼくは、姉の写真をふまないようにしながら、ドアへむかった。

ドアを開けかけて、すぐに閉じた。スタジオの明かりがついていては、出るところをだれかに見られるかもしれないと思ったんだ。

スタジオの明かりを消した。そのとき、スイッチの横にかけてあるドアの鍵を手ではらい落としてしまった。もういちど明かりをつけてさがせばよかったんだけど、そのままにしてドアを開けた。

外に出るとき、床に落ちた鍵をけとばしてしまった。ドアの前は暗かった。門の前の道には街灯がついていたけれど、スタジオの外階段には高さが一メートルぐらいのコンクリート塀が、その階段にそってついているから、街灯の明かりは足もとまでとどかないんだ。ドアの外にころがり出た鍵をさがすより、すこしでも早く、部屋にもどりたかった。翌朝、父を呼びにきた森山プロデューサーが、ドアの前でみつけたのが、その鍵だったんだ。


こうして、重田刑事さんのいう密室殺人は完成した。

でも、本当は、直接ぼくが殺したわけではなかった。責任のがれをするわけじゃないけど、あれは事故死だったんだ。

ただね、いまも言ったように、ぼくはたおれている父の手からカッターナイフをもぎとって、父を刺そうとしたことは、まちがいないんだ。チャンスだと、思ったんだからね。

父が何も言わなければ、ぼくは刺していたと思う。

あんなに血を流しながら、父はエッラソーにいろいろと命令し、ぼくも大人しくしたがった。死ぬまで、父はいばっていた。ああ、それともう一つ。父が死ぬまぎわに、「お父さんが事故で死んだと、だれにも言うんじゃないぞ」って言ったことなんだけど、あれにはすごい意味があったんだ。

部屋に帰って、ベッドにもぐりこんでから気がついたんだけど、あれは秋山さんを犯人にするためだったんだ。

何しろ、秋山さんと父は数時間前に言い争いをしたばかりだし、凶器も秋山さんの持ち物なんだもの、秋山さんが疑われるに決まっている。

父は、心から姉を大切にしていたんだろうな。だから、秋山さんが憎くてたまらなかったんだ。どうせ死ぬのなら、秋山さんを殺人犯にしてしまおう。そうすれば、姉は秋山さんを憎むだろう。姉と秋山さんのあいだは、それでおしまいだ。そう考えたのだと思う。

そのことに気がついたとき、ぼくは父をまた少し尊敬した。死ぬまぎわに、そんなことを考えるなんて、本当にすごいと思ったんだ。

秋山さんが警察につれていかれたとき、ほんとのことを言わなかったのは、父にたいするぼくの愛情っていうか、友情みたいなものだったんだ。

3　兄のこと

兄は、ジャガイモをゆでていた大鍋の熱湯を全身にかぶって、それがもとで死んだ。

父を殺した犯人がみつかってないこともあって、警察はいちおう殺人事件として捜査を開始した。

けれど、けっきょく事故死ということになった。みんなの証言から、その〈事故〉があったとき、台所には兄ひとりしかいなかったことがわかったからだ。

でもね、兄はただの事故死じゃなかった。兄は、ぼくのしかけたワナにはまったんだ。

つまり、ぼくが殺したんだ。

そりゃあ、たしかにぼくが大鍋をひっくりかえしたわけじゃないけど、兄がかってに鍋をもちあげて熱湯をかぶっただけだけど、そうしむけたのはぼくなんだ。

まあいいや。とにかく、あの日のことを話すね。

五月五日、母の提案でバーベキュー・パーティーをすることになった。

パーティーには、みんなが好きな料理を一品ずつだすことになった。ぼくは、マッシュポテトのサラダをつくることにした。

ぼくは、大鍋に皮をむいたジャガイモと水を入れて、ガス台にのせようとした。かなり重かった。もちあげたとたん、鍋がかたむいて水がこぼれ、床ではねた。

兄はテーブルにむかってヤキトリの準備をしていた。イライラしているようだった。鳥肉とネギを竹串に刺していたんだけど、あまりうまくいかないらしくて、肉の脂でべとべとになった手を、さかんにズボンでふいたりしていた。かんしゃくをおこしかけていたんだ。

「ぼけっと見てるんなら、手つだえよ。馬鹿。」

ジャガイモがゆだるまで何もすることのないぼくに、兄はそう言ってつくりかけの竹串をなげた。竹串がぼくの頬にあたった。さすがのぼくもムッとした。竹串が目に刺さったらどうするんだと、本気で怒ったんだ。

「ごめんな。わるかったよ。」

ふだん大人しいぼくが大声をだしたので、兄はおびえた。ほんとは気が弱いんだ。なのにいばるから頭にくるんだ。そのときも、それ以上ぼくが怒らないとわかったとたん、あっというまにエッラソーな態度に変わった。

「とにかく手つだえよ。おまえには三本よけいにやるからよ」だってさ。ぼくは、無視した。

兄は、またカッとなった。

「おぼえていろよ、省一。おまえのジャガイモなんかすてちまうからな。」

その瞬間、ぼくは首のうしろあたりに、何かゾワゾワッとするものを感じた。


そのあと、ぼくは庭に出て時間をつぶした。

とちゅう台所へは、二度ジャガイモの様子を見にいった。

ジャガイモは大鍋の中でグツグツ煮えていた。ジャガイモをすてる度胸なんか、兄にはなかった。そして、ヤキトリ作りは、あいかわらずうまくいっていなかった。もうすこしイライラさせてやりたかった。

だから、ぼくはわざと楽しそうに、ジャガイモに箸を刺したりしたんだ。一度目にいったときはまだ固かったジャガイモも、二度目のときはもうやわらかかった。でも、ぼくは鍋をそのままにしておいた。

そんなことをしているぼくに、兄は脂で汚れた手をこすりつけたり、きたないことばをなげかけてきたりしてきた。それでもぼくは知らん顔をして、庭にもどった。

三度目にジャガイモの様子を見にいくとき、ぼくは家の外をまわって、勝手口から台所へ入ることにした。それまでの二回は、ベランダから居間にあがって、台所へいっていたんだ。もちろん、わけがあってそうしたんだ。

台所はうちの北西の角にある。バーベキューをしようとしていた庭は、うちの南側だ。ぼくは、その南側の庭から、家の西側をとおって台所へむかったことになる。

勝手口は裏庭に面した北側にある。ということは、表の庭のほうからいくと、台所の角を右へまがらなければ、勝手口にはいけないんだ。

でも、ぼくはその角をまがらなかった。まがる手前で立ちどまった。台所には西にむいた窓があって、ぼくはその窓から中をのぞいたんだ。

竹串に肉やネギを刺している兄の横顔が見えた。

兄のイライラは、ますます激しくなっているようだった。ヤキトリの準備をするのに、もうウンザリしている様子がはっきりとわかった。しきりに肩をゆらしたり、足をまげたりつっぱったり、背中をグニャグニャうごかしたりしていた。開けたり閉じたりしている口からは、うなり声がひっきりなしにもれていた。

もともと兄には根気がなかった。ぼくにもないけど、兄にはとくになかった。気が短くて、あきっぽくて、すぐにかんしゃくをおこした。

兄のそういうところを、ぼくはよく知っていた。イライラが爆発する時は、もうすぐそこまで近づいていた。

　とつぜん兄が竹串をほうりだし、両手をテーブルにたたきつけた。その左手が、鳥肉をのせた皿のはしにあたった。皿がはねて鳥肉がテーブルの上にとびちった。そのばかげた失敗と手の痛さとで、兄はとうとうかんしゃくをおこした。

　立ちあがって、とびちった鳥肉をつかんだ。床になげつけた。そのとき、兄は窓からのぞいているぼくに気がついた。

　目と目があった。兄は顔もからだもこわばらせていた。ぼくは、絶対に自分から目をそらせないようにしていた。

「なに見てんだよ。」

　兄の目に涙がにじみだした。いつだってそうなんだ。かんしゃくをおこすと、しまいには泣きだすんだ。

「おまえ、なに見てんだよ。え、なに見てんだよ。」

　ぼくはこたえなかった。まばたきもしなかった。もうすこしだ。もうすこしで、兄はぼくの予想どおりのことをする。ぼくは心の中でつぶやきながら、ただ兄をみつめていた。

「なんだよ、おまえ。なあ、なんなんだよ。」

　兄が小さくしゃくりあげた。

「あっちいけよ……。いかないんなら、手つだってくれよ。」

それでも、目の玉ひとつうごかさなかった。

兄の下くちびるがふるえだした。ぼくは、この時を待っていた。ほんのすこしだけ頰をうごかした。兄には、ぼくが笑ったように見えたはずだ。

兄の顔が、すっと青くなった。

「ちきしょう。なんだ、こんなもの。」

兄がガス台の上の大鍋に手をかけた。さっき、ぼくがもって見せたことが、ここで役に立った。ぼくがもちあげたのだから、自分でももちあげられると思ったんだ。兄は鍋をもちあげた。

「こんなもの、ぶちまけてやる。」

言ったとたん、兄の手が鍋の取っ手からすべってはずれた。手が肉の脂でべとべとだったのだから当たり前だ。

鍋はもろにひっくりかえり、兄の悲鳴があがった。

兄は大やけどを負った。そして、その二日後に病院で死んだ。

鍋の湯を兄にかけたのは、ぼくじゃない。兄が勝手にやったんだ。ぼくは、ただ窓から顔をのぞかせていただけだ。そして、ほんのちょっと頬をうごかして笑ったような表情をしただけだ。

でも、兄が死んだのは、やっぱり事故のせいではなく、ぼくが殺したんだと思う。脂でヌルヌルした手と、大鍋と、ぼくの目が、イライラしている兄を殺したんだ。その日急に思いついたことだけど、ぼくは兄をワナにはめてやったんだ。

笑っちゃいけないんだけど、殺されたと思われていた父が事故死で、事故死と思われていた兄が殺されたというのは、なんて言うか、やっぱり笑いたくなっちゃうよね。ちがいますか、重田刑事さん？

4　母のこと

本当のことを言うと、母のことについては、あまりくわしく話す気がしない。話しているうちに泣きたくなるにきまっているから。

でも、ここまできたら、そういうわけにはいかないよね。話さなくちゃだめだよね。

ああ、あと十分で十二時になる。もうじき三月三日だ。朝になったら重田刑事がやってくる。きっとくる。それまでに話し終えて、少しはねむっておきたいな。

だけど、どこから話せばいいんだろう。父や兄のときとはちがって、母はまちがいなくぼくが殺したのに、ぼくのこの手でしめ殺したのに、なんだかうまく話しだせない。

あの日、ぼくは昼ご飯が終わると、すぐに自分の部屋へもどった。別に何かするつもりもなかった。なんとなくベッドに寝ころがっていた。

しばらくして、だれかが階段をのぼってきた。その静かな足音で、母だとわかった。母の足音はぼくの部屋の前をとおりすぎ、となりの兄の部屋に入った。

なんとなく気になった。ドアから顔だけつきだして、兄の部屋のほうを見た。兄の部屋のドアは開いたままになっていた。

そのとき、階段をのぼってくるもう一つの足音が聞こえた。ぼくはいそいで顔をひっこめ、そっとドアを閉めた。

「お母さま」廊下で姉の声がした。「お母さま、またここにいらっしゃったの。」

ぼくはドアを細目に開けて、耳をすませた。

「秋山さんが、何かすることはありませんかって。芝刈りでも雑草とりでも、なんでもしますって。」

母の返事はきこえなかった。

「お母さま」姉の声の調子が少し高くなった。「お母さま、ここを出ましょう。ね、ここにはあまりいらっしゃらないほうがいいわ。」

心配そうな姉の声で、母の〈心の病気〉がまた出たことを知った。

花房サイコクリニックで診てもらったのがよかったのか、その頃の母は、あまりおかしな様子を見せなかった。

ただ、父や兄の話をしているときとか、二人に関係のある写真や品物を見たりしているときなどに、ときたま急にだまりこんだり、何かを思い出すような目で遠くをじっとみつめたりすることがあった。心の中が父や兄のことで、一瞬いっぱいになっているんだろうと、ぼくは思った。

そのときも、母は兄の部屋でそんな状態になっていたんだと思う。

姉が母に何か言い、部屋から二人の出てくる気配がした。階段をおりていく二人の足音がしてから、ぼくも部屋を出た。階段の下で、姉が母に言っていた。

「そうだわ。いつだったか草刈りの鎌をとぎたいと言ってらしたわね。秋山さんにおねがいしてみようかしら。」

「それはいけないわ。」

こたえた母のことばはしっかりとしていた。

「いつもお忙がしいんでしょ。うちにいらしたときぐらい、のんびりしていただいたら。」

母の〈心の病気〉は、とつぜん出てくるかわりに、もとにもどるのもとつぜんだった。たったいままで起きていた人が、ちょっと目をそらせているあいだにねむりはじめているような、反対にいつのまにか目をさましているような、そんな感じだった。

そのことは、姉もよく知っていた。だから、階段をおりているあいだに、母がもとにもどっても、おどろいた様子はなかった。いつもと同じように、しぜんな受け答えをしていた。

「秋山さんは、うちの中の仕事をするのがお好きなんですって。この家は新しいから、修繕するところがなくて残念だなんて、冗談をおっしゃってるくらいなのよ。」

母と姉の話し声が聞こえたのか、秋山さんが顔をだしたらしい。

「鎌をとぐんですか。すぐやりますよ。」

ぼくは、ゆっくり階段をおりていった。秋山さんが台所へ入っていくところがみえた。勝手口から裏庭へ出るつもりなのだろうと思った。

母は仏間に入った。姉は母の入ったあと、その仏間のふすまを閉めて、居間へいった。

ぼくは秋山さんが鎌をといでいるところを見ようと、玄関を出た。秋山さんは、たぶん裏庭の物置の近くで鎌をといでいるはずだった。

　母のいる仏間も裏庭に面していたから、その窓の前をとおることになった。窓ガラスが半分ほど開いていて、網戸越しに母が見えた。

　母は仏壇の前にすわって、背中を丸め肩を落とし、両手をひざの上でにぎりしめて、ひっそりとうつむいていた。

「お母さん」ぼくは声をかけた。自分でも気がつかないうちに声をかけていた。北向きの薄暗い仏間に、ぽつんとひとりぼっちでいる母が、なんだかとても悲しそうに見えたせいかもしれない。

「省ちゃん、そんなところで何をしてるの。」

　母の声は、そのすがたと同じようにひっそりとしていた。

「別に」ぼくは外から網戸をあけた。「なんにもしてないよ。お母さんは。」

「お母さんもよ。何もしてないわ。」

「兄さんのこと、考えてたの？」

「そうね。そうかもしれないわね。お父さんのこともね。」

　兄が大鍋の熱湯をかぶるようにしむけたことを、ぼくは一度だけ後悔したことがあったけど、それはこのときだった。

そのときのぼくは、きっと泣きそうな顔をしてたんだと思う。母が窓辺にきた。

「省一だってさびしいのにね。いつまでも、お父さんや行一のことばかり考えていてはだめね。お母さんが元気を出さなくちゃね。」

母がぼくの頬を手でつつんだ。そして言った。

「そうだわ、ひさしぶりにゆっくりお話でもしない？」

勝手口のドアの外に水道がある。そこで秋山さんが鎌をといでいた。

母が礼を言い、秋山さんが、「もうすぐすみます。ついでに雑草を刈りましょうか」と、笑顔を見せた。

父の事件では、警察にしつこく疑われていたのに、そんなことは全然感じさせない笑顔だった。ぼくはすこしほっとした。秋山さんがおちこんだり、やけをおこしたりしていたら、やっぱりわるいような気がしていたからだ。

「雑草とりってね、あんがい楽しいんですよ。」

そう言って母が笑顔をかえした。

「ほんとはね、どんな草もつみたくないんですけど、そうもいかないでしょ。いろいろ考えながらやると、草と話が通じるような気がしてね、うれしいようなおちつくような、そんな気持ちになるのね。」

だから雑草はそのままにしておいてください、と母は秋山さんに言って、ぼくを表の庭のほうへさそった。


母とぼくは、父のスタジオの屋上へのぼった。どちらが言い出したわけではなく、なんとなく二人の足がそっちへむいていたんだ。

「お昼の天気予報、見た？」

屋上にあがると、母は空をあおいだ。夏空が大きく広がっていた。風はなく、ねっとりとした金色の光が、あたり一面にばらまかれていた。

「富士山上空の気温は何度ぐらいなのかしらね。」

「たしか五度ぐらいだったと思うけど。」

うちでは、毎日午前十一時五十五分になると、だれかがきまってテレビをつける。気象情報を見るためだ。写真家だった父が好きだった、というより仕事に必要だったせいで、これはうちの習慣みたいになっていた。

その日も姉がテレビをつけ、ぼくもなんとなく見ていた。そのことを話したんだ。

「それじゃ雷雨があるかもしれないわね。」

「そうだね。たぶん三十度はこえてるもの。」

富士山上空の気温と、いま自分のいるところの気温の差が二十五度以上になると、雷雲が発生しやすくなる。つまり夕立がきて雷が落ちるということだ。

これは、観天望気とはちょっとちがうけど、自分で夏の午後の天気を予想するには、わりと役に立つ一つの目安だった。これをおしえてくれたのは、もちろん父だ。

「それじゃ、庭の水まきはやめておこうかしらね。」

「うん。夕立がこなかったら、ぼくがまいてあげるよ。」

そんなことから、母とぼくは観天望気の話をした。そして屋上からおりると、もういちど裏庭へ足をむけた。


雑木林の手前に、十二メートルプールぐらいの広さの菜園がある。この家をまだ建てている最中から、母がつくりはじめていた野菜畑だ。

畑は、野菜作りに興味のないぼくでも悲しくなるくらい、かさかさに乾いて荒れていた。父が死んだあと、母には畑の面倒をみる時間も、気持ちの余裕もなかったからなんだ。

腰をおとし、黄色にしおれたトマトの葉を手にとって、母がため息をついた。

しなびたトマトの葉を、ゆっくりとていねいにつみとって、母が何かつぶやいた。

母は、しおれたトマトの葉を口に入れた。

「おいしいわよ。ほんとにおいしいのよ。行一、さあ食べてごらんなさい。」

母は死んだ兄にかたりかけていた。〈心の病気〉が、また出てきたのだった。

「ね、葉っぱだってこんなにおいしいんだから、トマトはもっとおいしいのよ。お母さんは、行一に嘘をついたことないでしょ。ね、ちょっとでいいから食べてごらんなさい。」

兄はトマトがきらいだった。トマトだけではない。ほとんどの野菜を食べようとしなかった。そんな兄に、なんとか野菜を食べさせようとしている母を、ぼくはなんども見たおぼえがあった。

「そうだわ、行一は幼稚園のとき、トマトの絵を描いたじゃない。おぼえているでしょ。じょうずな絵だったわね。あんなにじょうずな絵が描けるんだもの、ほんとはきっとトマトが好きなのよ。」

つぶやきながら、母はトマトの葉をちぎっていた。しゃがんだひざの上に、こまかな葉がもりあがっていた。

「はい、行一。小さく切ってあげたわ。おいしそうでしょ。これならきっと食べられるわね。え、なあに。いっぱいありすぎるの。そうね、これじゃ多すぎるわね。いいわ、お母さんが半分食べてあげる。」

母がひざの上のちぎった葉をすくいとった。その手がしずかにもちあげられた。手のひらいっぱいの葉を口におしこもうとした。その手首を、ぼくは両手でにぎった。

　しゃがんだまま、母が顔をあげた。やさしさのあふれた目でぼくをみつめた。

「どうしたの、行一。お母さんが食べてはいけないの。」

　母がみつめているのは、ぼくではなかった。ぼくを見ながら、兄をみつめていた。

「ああ、そうなの。ほんとはお母さんもトマトが嫌いだと思っているのね。あなたに食べさせたくて、お母さんがむりをしてると思っているのね。やさしいのね、行一は。でも、心配しないでいいの。お母さんはトマトが好きなの。そうよ、大好きなのよ。だから、行一だって、きっと大好きになると思っているの。」

　母の手に力が入った。ぼくに手首をつかまれたまま、その手を口に近づけた。ぼくも腕に力をこめた。母にしおれた葉っぱなんか食べさせたくなかった。

　母の目から温かさが消えた。眉がおかしな具合によじれ、まぶたが思いきり開かれた。手にいっそう力がこもった。同時に、大きく開いた口を手のほうによせてきた。ぼくは思わず叫んでいた。

「お母さん、食べちゃだめ。」

　母がうなり声をあげた。なぜだか知らないけれど、ぼくは意地になったような感じで、力いっぱい手をひきよせた。しゃがんでいた母が、ひきずられるように立ちあがった。その瞬間、母の手から力がぬけた。そのはずみで、母の手が激しくぼくの頬にあたった。痛かった。ぼくは母の手首をはなした。

「ごめんなさいね。」

母が涙声で言った。泣いたり笑ったり、興奮したり沈んだり、そんなふうに気持ちがころころと変わるのも、母の〈心の病気〉の特徴のひとつだった。

「たたくつもりはなかったのよ。」

母がぼくの頬をなでた。ああ、いまのできごとで、母は正気にもどったんだな、とぼくは思った。それで、痛いのを我慢してぼくはほほ笑んだ。だけど……。

「たたいたりして、いけないお母さんね。だれだって、好き嫌いがあるのにね。トマトを食べないぐらいのことで、行一の頬っぺをたたくなんて、いやなお母さんね。」

ふいに母が背中をむけた。雑木林にむかって走りだした。ぼくは後を追った。本気で走れば、もちろんすぐに追いつくのだけれど、ぼくはそうしなかった。

追いついても、母をどうしていいのかわからなかったからだ。

雑木林の片すみに、栗の木が何本かならんでいる。母は、その栗の木の一本によりかかり、枝に手をのばした。緑色の栗のイガをつかみ、あわてて手をひっこめた。そして子どものように肩をふるわせて泣いた。

ぼくが近づくと、母は顔をおおっていた手をはずして、「うそよ」と舌をだした。

そして、また幼い少女のようにかけだした。


次に母がたどりついたのは、この雑木林に一本だけあるリンゴの木だった。

この家に引っ越してきて、まだ半年もたっていなかったから、この木に実がなるのかどうか、ぼくは知らなかった。花が咲いているところを見たことがないから、たぶん実はならない木なのだと思う。

母は、そのリンゴの木の枝に両手でぶらさがった。

ぼくは、二メートルほどはなれた所から、からだをゆりうごかしている母を見ていた。

とつぜん母が声をあげて笑いだした。それまで聞いたことのない、けろけろとした笑い声だった。馬鹿みたいに大きく口を開けていた。黒目がまぶたの裏にもぐりこみ、白目だけがむきだしになっていた。

そんな母を見ているのはたまらなかった。ぼくはかけより、母のおなかに腕をまわして、胸に顔をおしつけた。

母が枝から手をはなした。母のからだをささえきれなくて、ぼくはよろけ、そのままたおれてしまった。母はぼくのからだの上で笑いつづけていた。

そのときぼくは、もう母の〈心の病気〉はなおらないと思った。そう思うと、急に涙が出てきた。そして、その母の〈心の病気〉は、ぼくがおこしたものだったんだ。そして……。そして、ぼくはいつか警察に捕まるんだ。そのとき、母はどうなるのだろう。自分の子どもが、もう一人の自分の子どもを殺したんだ。それを知ったら、母の心はどんなことになってしまうのだろう。

そんな母はかわいそうだ。だから、そんな悲しみを味わわせないために、母を殺してしまおう……。

そんなことは、ずいぶん自分勝手な言い草だ。それぐらいのことは、ぼくにもわかっていた。でも、そのときのぼくには、それ以外のことを考えられなかった。

母のからだをおしあげ、ぼくは母の腕をとって歩きだした。どこで、どうやって殺せばいいのか、それだけを考えていた。

物置の前まできたとき、ふいに母がぼくの手をふりはらい、花壇のほうへ走りだした。追おうとしたぼくの目に、物置のひさしの下にたれているわら縄がとびこんできた。わら縄を手にとり、母のうしろから花壇の中へ入った。花壇にはカンナの花がいっぱいに咲いていた。

母はカンナの花をむしりとっていた。そのうしろに立ち、ぼくは母の首にわら縄をまきつけた。

5　友のこと

こんなことを言っても、わかってもらえるなんて思えないけど、この手で母を殺してしまうと、なんだか気持ちがおちついた。

もう何があっても、母を悲しませることはないんだ、という安心感みたいなものがあったんだ。

それと同時に、れいのあの歌の詞が気になりだした。〈その頃はやった唄〉だ。いま思うほどはっきりとしたものではないけれど、ここまできたらあの歌のとおりにしてしまおうかと、そんな気がしはじめたんだ。

さっきも言ったけど、父の場合は事故死だった。一瞬、本気で父を殺したいとは思ったけれど、じっさいには、父をナイフで刺さなかった。

兄の場合は、反対に事故死のようになってしまった。でも、兄が鍋の湯をかぶるようにしむけたのはぼくで、じっさいぼくが殺したようなものだった。

そして母の場合は、どんなわけがあったにしても、まちがいなくぼくが殺したんだ。

母を殺して、はじめてぼくは、あの歌に出てくる〈子ども〉と同じになった。そのことに気がついたから、どうせならあの歌のとおりにしてしまおうかと、そんな気になったんだ。

このあと姉と友だちを殺せば、〈その頃はやった唄〉のとおりになる。そうすれば、ぼくが犯人だということは、だれかがきっと気づくはずだ。たとえば、あの歌をおしえてくれた尚平おじさんとかが、まっさきにぼくを疑うはずだと思っていた。

うまく言えないけど、だからといって、どうしてもだれかに気づかせたいというわけでもなかった。

「みんなを殺したのは、ぼくなんだよ」って、ずっと言いつづけているのに、みんなが気がつかないというのは、なんかこうぞくぞくするような感じで、〈たいくつ病〉にかかるどころじゃなかった。いつもびくびくしていた。そのくせ、心の中でにやにやしていた。そんな毎日だった。

ところで、柴田浩のことだけど……。あの歌のとおりしてみたいといったって、そんなに真剣に考えていたわけじゃない。だいいち、別に浩じゃなくてもよかったんだ。松倉美知子でもかまわなかった。誕生会の準備をしているうちに、いろんなことがかさなって、浩を殺すことになってしまったんだ。

では、どうやって浩を殺したのか。まえに話したことだから、くわしくはくりかえさないけど、説明するのに必要なところだけは話さないといけないね。

浩はコーラといっしょに農薬をのんで死んだんだ。あのね、ここが大事なところだよ。浩は農薬の入っていたコーラをのんで死んだんじゃないんだ。びんにのこっていたコーラには農薬が入っていなかったんだからね。農薬は、コーラのびんの外側と浩の手のひらについていたんだ。

警察は、いまもまだその謎を解けないでいるんじゃないかな。

でもね、あの事件のあとで、とうぜんぼくたちは取り調べを受けたんだけれど、そのときぼくはかなり大きなヒントを話していたんだ。

おぼえていますか、重田刑事さん。あの日、誕生会のときにコーラの一気飲みをすることになったって、ぼくも美知子も、そのほかの人たちも言ってたでしょ。それがヒントだったんだ。

浩は、コーラの一気飲みをしたことがなくて、どうしたらいいのかこまっていた。

「ゲームなんだから、うまくできなくたっていいじゃん。」

「だけど、うまくいかないと、かっこわるいよ。」

自信のなさそうな浩を見ているうちに、ぼくはチリチリした気分になった。

浩って、いつもそうなんだ。失敗したって、別にどうってことないような、どうでもいいことを、すごく気にするんだ。

ひとに、かっこいいところを見せようっていう、目立ちたがり屋とはちがうんだ。ひとより下手なのがいやなんだ。ひとと同じくらいにできていれば、それでいいんだ。いばりたくはないけど、馬鹿にされるのはこわいという感じなんだ。

そりゃあさ、体操の時間とかに、自分だけできなくて恥ずかしくなるようなことってあるよね。逆上がりとか、水泳とかさ、ひとによっていろいろあるじゃん。でも、そういうのとはちがうんだ。

ただのゲームのときでもそうなんだ。それもさ、頭とか勘とかをつかうゲームじゃなくて、たとえばさ、ババヌキみたいな遊びでもそうなんだ。スゴロクとかさ。

そりゃあ、そういうただの運まかせみたいなゲームでも、勝ったときはうれしいし、負けるとくやしいけど、それはそのときだけのことでしょ。別のゲームになれば、もうわすれちゃうよね。

なのに、浩はちがうんだ。ババヌキとかでも、ビリになったりすると、涙なんかうかべちゃって、真っ赤な顔をするんだ。

そういうやつって、ほんとにイライラするんだよね。

ぼくは浩をめちゃくちゃにいじめてやりたくなった。

どうやっていじめるのがいいか考えた。いちばんいいのは、やっぱコーラの一気飲みをやらせて、みんなに笑われるようにすることだと思った。だから、「ま、いいや」と、ちょっと親切っぽい顔を見せてやったんだ。

「とにかく、ゴクゴクゴクってのまないで、ゴーックンってのめばいいんだってさ。」

テレビで一気飲みのチャンピオンがそう言ってたと、ぼくはおしえてやったんだ。そうやれば、だれでも絶対にうまくいくらしいから、安心しろよと、そんなこともつけくわえてやった。もちろん、そんなことテレビで聞いたこともなかったんだけどね。

そのとき、姉がぼくを呼んだ。ゆずをとってきてくれとたのまれたんだ。


ゆずの木は、裏庭の玄関よりにある。

枝の下でジャンプして、その実をひきちぎるようにもぎとり、地面に飛びおりたとき、ちょうど正面に物置が見えた。

そのとたん、あることを思いついた。

何かと言うと……。それより三十分ぐらいまえに、尚平おじさんが物置にしまってある火鉢と炭を出していったんだけど、物置の中は暗くて、どこに何があるのかよくわからないから、ぼくもいっしょにいってあげたんだ。浩もついてきた。

そのとき、母が花壇や野菜畑にまいてた、農薬のびんをみつけたんだ。それがそこにあることはまえから知っていたから、みつけたというより、気がついたという感じかな。

その農薬は、だいぶまえに母が近所の農家からわけてもらったもので、このごろ農協とかで買える農薬とはちがって、かなり毒の強いものだった。だから、母は「このびんにさわってはいけない」と、しつこく兄やぼくに言っていた。

ゆずをもぎとり、物置を見たとたん、ぼくはその農薬のことを思い出したんだ。そして、思いついたということは、もちろんその農薬を浩に……、ね。

ぼくは勝手口のドアを開けて、台所にいる姉にゆずをわたした。そして、すぐにドアを閉めた。

重田刑事さん、このへんのことも、あの事件のあとでちゃんと話してありますよ。『その実を一つもぎとると、そのまま裏庭を走って勝手口のドアをあけた。姉にゆずを手わたすと、また裏庭にとび出した』ってね。

ちょっと考えれば、姉にゆずをわたしたあと、ぼくが物置から農薬をもち出したことはわかったはずなんだ。

だって、浩の誕生会をうちでやることに決まってから、浩が死ぬまでのあいだに、ひとりで物置へいくチャンスがあったのは、ぼくだけなんだもの。

物置にかけこんだぼくは、農薬を古い花びんに三分の一ぐらいいれた。花びんは、コーラのびんと、高さも太さも似たようなものをえらんだ。

農薬入りの花びんをもって、ぼくはいそいで玄関から家にあがり、まっすぐ洗面所へむかった。洗面台の下に、花びんをおいて居間へもどった。

そして、居間の入り口にあるコーラをケースから一本ぬきとった。洗面所へいき、さっきおいた花びんの中に入れた。花びんからコーラのびんの頭が四センチぐらい出ていた。

パーティーがはじまる少しまえ、ぼくは浩に耳うちした。

「トイレの前の洗面台の下に、コーラをおいといてやったよ。いまのうちに、一気飲みの練習をしてこいよ。ゴーックンってやるんだぞ。のろのろするなよ。いそぐんだぞ。」

浩の顔は、ぱっと明るくなった。そして、居間のテーブルの上から栓抜きをもって出ていった。

ここから先は、見ていたわけじゃないけど、浩のしたことはだいたい想像できる。

浩は洗面所にいくと、すぐに洗面台の下の花びんからコーラのびんをとりだした。びんをにぎった手に、農薬がついた。べたべたして、「なんだこれは?」と思った。でも、ぼくに「のろのろするな、いそげ」と言われているものだから、手をあらったり、びんをふいたりすることもなく、あわてて栓をぬいた。

もし、その栓までべたべたしていたら、浩もなんかへんだなと疑ったかもしれない。たとえばぼくが、何かすごく辛いものでもびんにぬっておいたとか、そんないたずらをしたんじゃないかと、気にしたかもしれない。

でも、びんの頭のところは四センチくらい花びんの上に出ていたから、あまり気にしなかったのだと思う。

浩は、栓をぬいたコーラのびんを口にもっていった。

一気飲みのコツは、大きく口を開けて、真っさかさまにしたびんからゴーックンとのむことだと、ぼくがおしえておいたから、浩はそのとおりにした。

だけど、そんなことしたら、たいていの人はむせるに決まってるんだ。じっさい、テレビで見たときも、むせてコーラをはきだしている人がたくさんいた。

さあ、いよいよカンジンなところにきたぞ。

テレビで一気飲みをしてむせた人は、十人が十人とも、あわてて口をてのひらでおさえたんだ。浩も、同じことをしたにちがいないんだ。

口をおさえた浩のてのひらには、農薬がべったりついていた。

ぼくは農薬をなめたことはないから、どんな味がするのか知らないけど、たぶんピリッとしたり、苦かったりしたんだと思う。

よせばいいのに、そんなときはきまって、てのひらで舌をこするんだ。浩は、よけい農薬を舌にぬりつけたというわけさ。

これは、本当に、見ていたことじゃないから想像だけど、浩はそうやって死んでしまったんだ。

6　そして姉のこと

ぼくの長い話も、だんだん終わりに近づいてきた。いま考えると、この長い話の中でいちばんたくさん出てきたのは、たぶん姉のことだと思う。

ぼくは姉さんが好きだった。お母さんを好きだというのとは、ちょっとちがった感じで好きだった。

なんていうのかな、お母さんのことだったら、どんなふうに好きなのか言えるんだけど、姉さんのことは言えないんだ。言えないっていうのは、説明できないんじゃなくて、恥ずかしいからなんだよね。

まあいいや。とにかくぼくは、そんなに好きな姉さんを真っ黒こげにしちまった。

いまから二週間とちょっと前だった。久しぶりに森山さんと秋山さんがきた。その夜、森山さんが言った。

「秋山君から相談を受けたんですわ。一美さんと正式におつきあいしたいと。つまり、結婚したいということですな。」

「つきあいに正式もへったくれもないよ」と、こたえたのは谷口さんだった。

「もう大人のつきあいをしてるみたいだしさ。今年になってからだって、なんどもデートしてるんだろ。」

〈結婚〉とか〈大人のつきあい〉とかっていうことばは、すごくショックだった。

姉と秋山さんが親しくしているっていうことは、ぼくだって知っていた。でも……。

「たしかに、つきあいも結婚も二人だけの問題ですわな。」

ぼんやり姉を見ていると、森山さんがつづけた。

「しかし、秋山君としては、一美さんのおかれている現在の状態とか、自分の立場とかを考えると、まあふつうの若者のように、気楽につきあうわけにはいかないと考えているわけですわ。」

その先の話を、ぼくはあまり熱心に聞いていなかった。ただ、心の中で、絶対に結婚なんかさせるものか、とつぶやいていた。つぶやきながら、しきりに父の顔を思い出していた。


その夜、姉がぼくの部屋のドアをノックした。

「今夜はわたしの部屋で寝ない。すこし話がしたいから。」

姉のベッドは、ぼくのよりだいぶひろかった。二人はならんで毛布にくるまった。

「秋山さんのこと、気にしないでね。もっと大人になってから、もしかしたら結婚するかもしれないけど、いまはそんなこと考えたこともないから。」

ぼくはだまって天井を見ていた。

「それでね、話はかわるんだけど、いつかは西浦さんたちも東京へお帰りになるわ。どうする？　わたしたち。この家にいる？　それとも、どこかへ引っ越したほうがいい？」

「どっちでもいいよ。姉さんは？」

「そうね。やっぱり別の町にいったほうがいいかな。」

「東京へ？　秋山さんがいるから？」

「関係ないわ。横浜でもいいし、鎌倉でも鵠沼（くげぬま）でも。それよりね、省一。」

姉がふいに上半身を起こした。のしかかるように、ぼくを見おろした。長い髪の毛がぼくの顔にかかった。姉はゆっくりと、その髪をかきあげた。

「もし、わたしに何かあったら……」

「何かって?」

「何かよ。何かわからないけど、ふつうではない何か。」

枕もとの電気スタンドの光が、姉の目にうつっていた。その光をかすかにゆらしながら、姉はぼくをみつめていた。

ふつうではない何か……?

とっさに思いついたのは、〈死〉ということばだった。

姉は、ぼくのしてきたことを、何もかも知っているのではないか。あの歌のとおりに、ぼくが次々と家族を殺してきたということに、姉は気づいていたのではないか。そうだとしたら、次は最後にのこった自分の番だ。

姉がそう考えたって、ちっともふしぎじゃない。

つぎの瞬間、殺される、とぼくは思った。

ぼくに殺されるより先に、ぼくを殺してしまおう。姉がそう決心したのだと、ぼくは思ったんだ。

それならそれでいいや、という声が心の中で聞こえた。

「きれい？」姉がささやいた。「わたしのこと、きれいだと思う？」

だまってぼくはうなずいた。

「きれいなわたしは邪魔？」

ぼくは目をとじた。ぼくの想像は完璧にあたっていた。姉は、あの歌の歌詞と同じことを言ったんだ。

『子どもは姉を憎んでた　きれいなもんは邪魔になる……』

ぼくは待っていた。姉は、どんなふうにぼくを殺すのか、その始まりを待っていた。

けれど、姉は何もしなかった。

「目をあけて」と言った。

姉の白い歯が目の前にあった。

「もし、わたしに何かあったら、このベッドの下を見て。ベッドの裏に封筒を貼っておくわ。ほかの人に見せないで。省一ひとりで、中の手紙を読んで。」

うなずいたぼくの首の下に、姉は左腕をさし入れ、しずかにぼくを引きよせながら、からだをたおした。

姉の肩に顔をおしつけると、いい匂いがした。

その週の土曜日、午後二時すぎに松倉美知子から電話がかかってきた。

「いま、お姉さんいる？」

美知子は、電話に出たのがぼくだとわかると、秘密めかした声でそうたずねた。姉は、台所で洗い物をしていた。そのことをつたえると、「ふうん、そう」と、がっかりしたような声をだした。

「お姉さん、どこかへ出かけるようなこと言ってなかった？」

「別に。なんでさ。」

「ううん、なんでもない。それからさ、省ちゃんちがまえに住んでた家、いまはどうなってるの？」

「なんだよ、急に。そんなこと知らないよ。」

「そう。それならいいんだ。あのね……」

ちょっと間があった。

「あのさ、秋山さんのことだけど、さっき富士見橋のところで見たのよね。お姉さんとデートするんじゃないかと思って……」

「それが、まえの家とどういう関係があるのさ。」

「わかんない。ただ、秋山さんが省ちゃんちのほうへいかないで、橋をわたっていったから。」

「まえの家のほうへってこと？」

「うん。でも、あんまし関係ないよね。」

じゃあね、と美知子は電話を切った。

台所から姉が顔を出した。

「友だちから？　めずらしいわね。」

「ほんとだね」ぼくは、すこしふざけたことを言った。「ぼくんち、まだ近所から見すてられてないんだね。」

笑って姉は首をひっこめた。

その日、姉は結局どこへも出かけなかった。秋山さんもうちにこなかった。

松倉美知子は、どんなことでも知りたがるへんな癖をもっているけれど、嘘をついたり、いいかげんなことをいったりするやつじゃない。たぶん、だれかよその人と秋山さんを見まちがったのだろうと、ぼくは思った。

でも、それは……。

二月二十六日。この日、姉は死んだ。

つい四日前のことだ。もう夜中の十二時をすぎたから、正確にいうと五日前ということになる。

とうとう三月三日になった。あの日から丸一年がたったんだ。あと何時間かしたら、重田刑事がくるだろう。ほんとにいそがなくちゃ。


その朝、ぼくは七時前に目をさました。その前の何日間か、毎晩おそくまでこのテープに録音をしていたために、前の夜はどうしてもねむくてたまらなくなり、十時すぎにはねむってしまったんだ。それで、最近ではめずらしいことに、そんなに早起きをしたというわけだった。

ぼくが目をさますのを待っていたように、電話のベルが鳴りだした。だれも電話に出る気配がなかった。ぼくは階段をかけおりた。

「やあ、省一君。起こしてしまいましたかな。」

電話は森山さんからだった。

「朝早くて、ご迷惑だとは思ったんですがね、一美さんはいつも早起きなさっておいでのようでしたから……。お姉さんは、まだおやすみですかな。」

「ぼくも、いま起きたところだから……」

見てきます、と受話器をおきかけたぼくを、森山さんが声をはりあげてとめた。

「ちょっとききますが、昨日、秋山君は、そちらにうかがいましたかな。」

「昨日ですか。きませんけど。」

「そうですか。」

森山さんが、すこしこまったような声をだした。

「秋山君は、昨日から三日間の休みをとっているんですわ。ところが昨日、急にCMの仕事が入ったものだから、できれば彼にも手つだってもらおうと思いましてね、さがしておるんですわ。」

秋山さんから電話でもあったら、会社まで連絡をいれるようにつたえてくれないか。そう言った森山さんの声のうしろに、女の子の声がかさなった。

「もしもし、省ちゃん。」

森山さんの娘の真三ちゃんだった。森山さんは、自分のうちから電話をしていたんだ。

「省ちゃん、元気？　お正月のときの写真、送ったけど、とどいたでしょ。」

「うん。ありがとう。」

「ねえ、また遊びに来て。春休みになったら、省ちゃんちにつれてってくれるって、お父さんが言ってるんだけど、省ちゃんもきてくれるでしょ。」

「そうだね。真三ちゃんちは吉祥寺っていったっけ、またいけるといいんだけどね。」

「だめなの？　おいでよ、待ってるから。そうだ、省ちゃんち、もしかしたら引っ越すかもしれないって言ってたじゃない。それならさ、吉祥寺に転校しておいでよ。」

「真三」森山さんの声がわりこんだ。「早くご飯をたべなさい。顔もまだあらってないんだろ。」

「はあい。省ちゃん、じゃあね。春休みに、絶対きてね。」

「省一君」森山さんの声にかわった。「また近いうち、そちらにおじゃましますわ。じゃ、秋山君のこと、よろしくたのみますわな。」

受話器をおいたあとも、ぼくの耳の奥に、森山さんと真三ちゃんのやりとりがのこっていた。幸せな家族のあいだでしか聞くことのできないやりとりのような気がしていた。

その声をふりきるようにして、ぼくは洋間、居間、仏間、台所とのぞいてみたけれど、姉はいなかった。二階にかけあがり、姉の部屋も見た。そこにも姉はいなかった。

姉さんは、どこかで秋山と会っている。ぼくは、そう思った。その考えは、絶対にまちがいないと思った。

いまの電話の森山さんの話と、何日か前にかかってきた松倉美知子の電話の声が、頭の中でまぜこぜになっていた。

「あのさ、秋山さんのことだけど、さっき富士見橋のところで見たのよね。お姉さんとデートするんじゃないかと思って……」

「秋山君は、昨日から三日間の休みをとっているんですわ。」

「秋山さんが省ちゃんちのほうへいかないで、橋をわたっていったから。」

ぼくはいそいで服に着がえた。自転車にとびのり、富士見橋へむかって、一気に坂を走りおりた。もうすぐ三月だといっても、朝の空気は冷たかった。その冷えた風をまともに受けたせいか、目に涙がにじんだ。

富士見橋のバス停前には、通勤の人たちが長い列をつくっていた。川ぞいの道をいそぎ足で歩く人、背中を丸めて橋をわたってくる人、自転車やバイクで駅のほうへむかう人などが見えた。学校へいかなくなってから、こういう景色を見たのははじめてだった。ちょっとのあいだ見とれていた。

その人たちの中に、姉のすがたはなかった。秋山さんもいなかった。

ぼんやり橋を見ていたぼくの耳に、松倉美知子のことばがこびりついていた。

「秋山さんが省ちゃんちのほうへいかないで、橋をわたっていったから。」

「まえの家のほうへってこと？」

「うん。でも、あんまし関係ないよね。」

関係がある、とぼくは感じた。松倉美知子は、姉と秋山さんが、まえの家か、その近くでデートしていると言いたかったんじゃないのか……。

ぼくはバス通りを横ぎり、富士見橋に自転車を乗り入れた。橋をわたったところで土手をおり、橋の下に自転車をなげだした。橋の先はのぼり坂だったし、歩いていったほうが、すぐにかくれやすいと思ったからだ。

だって、もし姉や秋山さんをみつけたら、こっそり様子をうかがうつもりだったからね。


まえに住んでいた家は、橋から歩いて五分ぐらいの、夏みかん畑の上にある。いまの家からくらべると、ずいぶん小さな家だけれど、裏に広い畑がついていた。

母はその畑で、トマトとかナスとかキュウリとかキャベツとかトウモロコシとか、いろんなものをつくっていた。

その広い畑のすみに納屋がある。

かすかに姉の声を聞いたのは、その納屋の近くにいったときだった。

言いわすれていたけど、その家の窓にはぜんぶ雨戸がしまっていて、人の住んでいる様子がなかった。玄関のドアをおしてみたけど、鍵がかかっていた。それで、納屋のほうへいってみたんだけど、そこで姉の声を聞いたんだ。

ぼくは納屋の裏へまわった。上のほうに明かりとりの小さな格子窓があるのを知っていた。窓からのぞくと、姉と秋山さんのうしろすがたが見えた。

二人は、木の箱にならんで腰かけていた。まわりには、木箱や段ボール箱なんかがつみあげられていた。

「今日は、どのくらい時間があるの」秋山さんが、姉にたずねた。「いま、七時四十分だけど。」

「三、四十分。ゆうべ省一は早く寝たから、八時すぎには起きると思うの。」

「尚平さんたちは?」

「七時前にでかけたわ。カメラをもって。」

そういえば、姉をさがしているとき、尚平おじさんも谷口さんも見かけなかった。

「あの二人、最近はこのあたりの風景ばかり撮っているようよ。」

「そろそろ最後だからね。捨てカットを撮っているんだ。」

「捨てカット?」

「うん。物語映画でもドキュメントでもそうなんだけど、とちゅうにちょっとした風景の場面をいれるんだ。たとえばパンダの記録映画を撮るとするでしょ。そのときずうっとパンダばかり見せられていたら息がつまるよね。だから、あいだに風景なんかをいれるんだ。」

「時間経過などをあらわすのね。」

「そういうこと。映画は、とくに記録映画は、とにかくなんでも撮影しておいて、あとで編集するんだけど、そのときそういう風景なんかをはさみこむんだ。たいていはつかわれないますてられてしまうから、捨てカットというわけなのさ。」

姉はだまって深くうなずいた。しばらくして、大きな息をはきながら言った。

「一年がかりのドキュメントも、いよいよ終わりというわけなんですね。」

そこまで聞いて、ぼくはそっと納屋からはなれた。いそいで橋の下にもどり、自転車をうちにむかって走らせた。ある物をとってくるためだった。


重田刑事さん、ぼくもここで時間経過をあらわす捨てカットをいれることにします。

姉と秋山さんは、まだ三十分くらいは納屋にいる。そのあいだに、ぼくは納屋と家のあいだを往復したんだ。その時間経過を、別の話であらわそうというわけです。

別の話というのは、重田刑事さんがずいぶん気にしていたこと。

尚平おじさんと谷口さんが、なぜ一年間も自分の仕事をほうっておいて、ぼくのうちにいたかということなんだ。

いま、姉が秋山さんに、

「一年がかりのドキュメントも、いよいよ終わりというわけなんですね。」

と、言ったことを話したでしょ。

そうなんだ。尚平おじさんたちは、父が死んだあとの《幸せな家族》の記録映画をとるために、ぼくたち家族が心配だとか、いろんな理由をつけてうちにのこっていたんだ。

そのことに、なんとなく気がついたのは、母が死んでまもなくのことだった。

まちがいない、と思ったのは、お正月を森山さんの家ですごしたとき。元日だというのに、尚平おじさんと谷口さんが、森山さんの家にきたんだ。それもカメラをもって。

秋山さんが、ぼくたちを遊園地なんかにつれていってあげるというと、谷口さんまでついてきたんだ。

そのときぼくは、「ああそうか」と思った。考えてみると、谷口さんたちがそれを決めたのは、父が死んですぐのことだと思う。

ほら、ぼくたちのクラスが学校の裏山で写生したとき、河原で尚平おじさんと谷口さんが、何か話しあっていた、と言ったでしょ。おぼえているかな？　あの日からなんだよね、谷口さんが、何かというとぼくたちを撮りはじめたのは。

重田刑事さん――。

刑事さんは、尚平おじさんたちに、よく言ってましたよね。いくら昔からの親友である父が死んだからといって、一年間も自分の仕事をほうりだして、その家族の面倒をみられるものなのかって。

あの人たちは、自分の仕事をほうりだしてはいなかったんだ。

たぶん、うちの記録映画が完成したら、けっこうおもしろいものになって、評判になるんじゃないのかな。だって、ひとつのうちでおきた連続殺人事件の記録なんだもの。

その映画には、もちろんバックにあの〈その頃はやった唄〉が流れるんだろうな。そして映画の題も《幸せな家族・そしてその頃はやった唄》なんていうんじゃないのかな。ぼくだったら、そうするね。

というところで、ぼくの捨てカットは終わり。

ぼくは、もういちど納屋にもどった。こんどは夏みかんの畑のかげに自転車をとめた。その自転車には、ポリタンクと新聞紙をつんでいた。ズボンのポケットにはライターが入っていた。

納屋の戸には南京錠とかいう、手提げかばんみたいなかっこうをした鍵をかける金具がついている。ぼくは、その金具に釘をさしこみ、戸が開かないようにしてから、納屋の板壁にポリタンクの灯油をまいた。

納屋の裏にまわり、明かりとりの窓から中をのぞいた。

秋山さんが姉の肩をだいていた。しきりに何か話しかけていた。姉は背すじをぴんとのばし、顔を正面にむけていた。秋山さんが背中を丸めて、顔を姉の髪におしつけた。

「省一が見てるわ。」

とつぜん姉が言った。

「省一は、きっとどこかでわたしたちを見ているわ。」

「何、それ？　どういうこと？」

姉の言っている意味がわからなかったのは、秋山さんだけじゃない。ぼくにもわからなかった。だって、姉は明かりとりの窓に背中をむけていたんだもの。

「だって、省一君はまだ寝ているんだろ。それに、この納屋なら、だれにも気づかれないといったのは一美ちゃんなんだよ。」

「じっさいに見ているということではないの。ただ、あたくしには、省一が何もかも知っているような気がしてならないの。いつか、それはもしかしたら今日かもしれないけれど、省一は、あたくしたちがこの納屋で会っていることを、かならずつきとめるわ。」

姉がしずかに秋山さんの顔を手でおしのけた。

「ねえ、秋山さん。父は、あなたがあたくしに近づくのをいやがっていました。省一も同じ気持ちでいると思いますの。あたくし、省一の心の中がわかるような気がするんです。」

姉が秋山さんのほうへ顔をむけた。その顔は秋山さんの顔の前ではとまらずに、そのまうしろへねじられた。

姉が明かりとりの窓を見あげた。その目がぼくの目とあった。姉がほほ笑んだ。小さくうなずいた。そして、すぐに顔をもとにもどした。

姉がどういうつもりでほほ笑んだのか、ぼくにはわからなかった。

ほらね。省一はわたしたちのいどころを、かならずつきとめると言ったけど、やっぱりあたったでしょ。

そういう意味のほほ笑みだったのかもしれない。さもなければ……。

いいのよ、省一。あの歌のとおり、わたしたちを〈あひるのバーベキュー〉にしなさい。それで、ぜんぶ終わるんでしょ。

そういう意味のほほ笑みだったのかもしれない。

ぼくは、新聞紙をかたくしぼり、灯油につけてライターの火をかざした。

バッと空気をふるわせて、ネーブル色の炎がひろがった。

あとも見ないで、ぼくは走りだした。

その日の夕方でしたね。重田刑事さんが、黒こげになった姉をうちにはこんできたのは。玄関を開けたぼくに、刑事さんは何も言いませんでしたね。尚平おじさんをつれて、すぐに帰ってしまいました。

夜おそくもどってきた尚平おじさんは、放火による殺人事件らしいと言っただけで、あとは何も話してくれませんでした。

ただ、ちょっと意外だったのは、焼け死んだのが姉だけで、秋山さんは重症だけれど命は助かりそうだと教えられたことでした。

重田刑事さん、これでぼくの話はおしまいです。

もうすぐ朝がくる。この分では、刑事さんがくるまでに、ひと眠りするわけにはいかないな。

もう言いのこしていることはないかな。

そうだ、姉の手紙のことがある。

「わたしに何かあったら、ベッドの裏にはりつけてある手紙をみなさい」と言った、あの手紙のことだ。

　あの手紙には、こう書いてあった。


　やっと、わたしの番がきたわね。

　省一は、きっと去年まで住んでいた家の納屋を思い出すと思うわ。そのつもりで、秋山さんを納屋にさそうのだから、ちゃんとみつけてくれなくてはだめよ。最後まで、あの歌のとおりにしなさいね。うんと知恵をしぼるのよ。あなたのお姉さんは、頭の悪い男の子が大嫌いなんですからね。

「殺されるのがわかっていて、こわくないの」なんて、きかないでね。こわいけど、そうされることがいちばんだと思うの。

　だって、いつかは警察も省一を逮捕するわ。それも、もうすぐよ。そのときになって……、わたし一人になって、それでも生きていてもね……。

　省一。わたしもこの一年間、ぜんぜんたいくつしなかったわ。それでは中道省一くん、最後に思いっきりリンゴの木でブランコを楽しみなさいね。

　　　　　　　　　　　　　　　　　　　　省一が愛してくれた一美
一美が愛した省一様

重田刑事さん、じゃ、さようなら。
おしまいに、いままで歌わなかったあの歌の六番を歌います。

子どもは自分をにくんでた　なまけもんは邪魔になる
そこで子どもはただひとり　リンゴの木の下たちました
小鳥の歌を聞きました　殺して殺してまだ足りず（アハハハン）
たいくつまぎれにチッチッチ　死んでブランコしてました

その頃はやった唄

詞・山本太郎
曲・越部信義

あとがき

　これは、同人誌『鬼ヶ島通信』の創刊号から十二号まで、六年間にわたって連載した作品を、全面的に書き直したものです。

　作品中の歌、「その頃はやった唄」は、山本太郎（やまもとたろう）氏の詩集『覇王紀』に収められている詩の一編です。

　この詩を、俳優であり、朗読詩人であり、ＣＭの演出家でもある西村正平（にしむらしょうへい）氏が、山本太郎氏の許可を得て、作曲家の越部信義（こしべのぶよし）氏に作曲を依頼し、歌にしたそうです。

　私は、もとの詩を知るまえに、この歌を聞きました。強い衝撃をうけました。この歌の世界を現代の物語にしたくなりました。

　そして、連載が完結した後、あらためて山本太郎氏にごあいさつを、と考えていました。ところが、ちょうど最終回を書き上げた頃、氏は急逝（きゅうせい）されてしまいました。残念でなりません。

最後に、この長々しい連載を許してくださった『鬼ヶ島通信』の同人諸兄姉と、単行本化にあたって良きアドバイスを与えつづけてくださった偕成社の編集部に、心からお礼を申し上げます。ありがとうございました。

一九八九年　秋

鈴木悦夫

鈴木悦夫が遺したものは?――追悼・鈴木悦夫

野上　暁

　八月七日〔二〇〇三年〕に鈴木悦夫が急逝したという訃報は、八月十一日夜、千葉幹夫(ちばみきお)からの携帯電話の留守録で知った。折り返し千葉に電話して、詳細を聞いた。一人暮らしの鈴木の死が確認されたのは亡くなって二日後で、すでに近親者によって密葬も済ませたとのこと。昨年六月、千葉幹夫の講談社絵本賞の受賞祝いで久々に鈴木に会い、近いうちにまた東京に戻りたいと二次会で抱負を語っていたのだが、それも果たせずに逝ってしまった。

　鈴木は、二十歳代の半ばにして児童文学界で脚光を浴び、その後テレビ界に転じて華々しい活躍をした。再び子どもの本の世界に意欲を燃やし始めたのは今から二十数年前で、『鬼ヶ島通信』にも、創刊メンバーの一人として招聘(しょうへい)し、二七号まで同人として意欲的に作品を発表してきた。同人を去ってからは交流も少なくなっていたのだが、昨年会ったときには、これから本格的に子どもの本に関わろうと意欲を語っていただけに無念である。

鈴木悦夫は一九四四年に熱海市に生まれ、早稲田大学に入学すると少年文学会に在籍して、千葉幹夫や野本淳一らとともに児童文学の創作や評論研究活動にかかわる。六七年に卒業して、あかね書房に入社。六九年には「祭りの日」で第二回日本児童文学者協会新人賞を受賞し、作家としても注目されていた。ちなみに、同賞の第一回受賞者にはあまんきみこがいるし、第三回受賞者は安房直子であったのだから、新進作家として当時どのように期待されていたかは想像がつく。

にもかかわらず、受賞作の「祭りの日」を含む当時の作品が単行本化されたのは、十七年後の八六年、短篇集『もうちょっとで大人』（小峰書店）の刊行まで待たねばならなかった。七〇年代には、日本の創作児童文学が未曽有の活況期を迎えるというのに、それは全く奇異なことであった。しかしその理由は、協会新人賞時の「受賞のことばにかえて」の中で、鈴木自身によって明確に表明されていたのだ。少し長くなるが、鈴木の子どもに向かう考え方や文学観が語られているので全文を紹介する。

「祭りの日」もそうですが、これまでも家出の話をいくつか書きました。ぼくには児童文学とは云々などという固定した議論以前に、家出がもっと作品化されねばならないように思えるのです。なぜなら、少年たちの完全な自由が保障されない限り、彼ら、より以後の世代は、その時々の時代と社会に絶大な力で居坐りつづける大人たちに、どこまでも〈反〉声明をつづけ、その具体的な行動として家出・放浪しつづけるはずですし、それが歴史の針を先に進めることは確かであって、その少年の完全な自由を阻害（そがい）しているおとなが少年に向かって何か書こうとするならば、少年の現在的な自由の問題を自己に問いつめる作業をしなくてはならないと思うからです。それがおとなと少年の唯一の連帯の可能性をもたらすものであると思うのです。今や、おとなと子どもの断絶をのり超える道が発見されなくてはならない時だと思うのです。そして今また思うことは、今後ぼくが児童文学界という家庭にはいっていくならば、少年にならい、そこからの家出・放浪をしつづけなくてはならないということです。

（『日本児童文学』一九六九年七月号）

ぼくが鈴木悦夫に初めて会ったのは、『児童図書館』の忘年会だから、一九七〇年の暮れだったと思う。『児童図書館』は、山中恒（やまなかひさし）、佐野美津男（さのみつお）、鈴木悦夫、野本淳一、山本勝実の五人を編集委員に、B５判８ページの月刊紙（途中から増ページされたが）として七〇年十一月二十日に創刊された。それに先立つ同年四月には、六九年に結成された「子ども反戦」の機関紙『機関紙児童文学情況』が創刊されている。同誌の寄稿メンバーは全て匿名だから定かでないが、鈴木もそこに参画していたはずである。その創刊号の「宣言にかえて——新たなる児童文学情況の創出にむけて」では、「日共スターリニストの巣窟と化し、戦後の児童文学を〝平和と民主主義〟の〝理念〟の中に矮小化させ、発展創造を担おうとする主体を、その党派エゴイズムの下に圧殺し、あるいは阻害してきた日本児童文学者協会の裏切り・闘争破壊策謀はここに終止符を打つべく宣告された」と反日本共産党、反児童文学者協会のメッセージを掲げているところをみると、若いメンバーの多くはその後の『児童図書館』創刊にかぶっていったようだ。協会の新人賞を受賞しながら、鈴木は早くも協会に叛旗をひるがえし、「家出・放浪」に出立していたのだ。

当時は、反安保闘争、三里塚闘争、全共闘運動が激烈に展開していた政治の季節であった。そして『児童図書館』は、日本の児童文学運動を中心的に担ってきた日本児童文学者協会の共産党的思想性と政治的立場を敢然と批判し、新左翼的な立場を明確にしながら刊行が続けられ、八七年五月に佐野美津男が急逝して後、翌年三月に彼の追悼号として四八号を出して終刊する。

鈴木があかね書房に入社したのと同じ六七年四月に、やはり出版社に入社して子ども雑誌の編集者となったぼくは、斎藤次郎主宰の大衆文化研究会に顔を出し、斎藤の紹介で今も渋谷にある「現代子どもセンター」（子ども調査研究所）*にときどき出入りしていた。

所長の高山英男や所員で同年代の近藤純夫の知己を得て、山中恒や佐野美津男と出会ったのも、その頃だ。そして、近藤だったか佐野だったかの口利きで『児童図書館』の忘年会に参加した。鈴木はあかね書房を退社し、既にテレビの仕事を手がけていたのだろうか。そのときの鈴木は、颯爽とした出で立ちで、ひっきりなしに若いメンバーに取り囲まれ、ついに話しをするチャンスもなかったくらいで、彼我の違いにいささかの羨望感を感じたことを昨日のことのように思い出す。

『児童図書館』での鈴木は、創刊号から四号まで最終面「ズームレンズ」というインタビュー欄を担当し、当時ジュニア小説で大人気だった吉田としや劇作家の別役実をインタビューして記事にまとめている。そして六号以降は一面にあった編集委員の名前も消え、鈴木の執筆もなくなっているから、『児童図書館』からも「家出」し、またまた「放浪」したのだろう。

鈴木と初めて言葉を交わしたのは、一九七八年に山元護久が四十三歳の若さで急逝した後だったから、七〇年代の終わり頃だったと思う。鈴木は、あかね書房を退社した後、山元護久の誘いでNHKの「おかあさんといっしょ」やフジテレビの「ピンポンパン」のメインライターとして大活躍していた。当時『小学一年生』の副編集長だったぼくは、「ピンポンパン」の絵本担当者を通して鈴木を紹介してもらって意気投合し、それからしばらく『小学一年生』誌上に「ちこくちゃんとボケ」などの学習童話をはじめ、編集長になってからも何年かにわたって毎号原稿を執筆してもらった。同誌に「よるだけまほうつかい」という童話を書いてもらい、岡本颯子(おかもとさつこ)のイラストでペーパーバック絵本にして出版したのもその頃だ。

鈴木は、児童文学の創作と編集から出発し、テレビ、ラジオの脚本から、作詞や音楽番組の構成まで多彩にメディアを席捲(せっけん)して、確実に一時代の子ども文化を担ってきたのだが、グリコのおまけの発案にまで関わっていたというのは、意外に知られていないであろう。八〇年代の始め頃、現代子どもセンターの高山英男の紹介で、大阪のグリコ本社に「おまけと付録」について講演に呼ばれたことがあった。そこでオリジナルなおまけキャラクターを作り、雑誌とメディアミックスしてキャラメルのおまけにしたらという提案をし、それが実現した。そのときに高山英男と相談して白羽の矢を当てたのが鈴木悦夫だった。鈴木に原案を考えてもらい、佐々木洋子にイラストをお願いして誕生したのが「ポーとペー」のシリーズである。星の国を舞台にした、パステルカラーの可愛いキャラクターで、それをミニチュア化したおまけもなかなか魅力的だった。「ポーとペー」は、雑誌に連載するとともに、コンパクトなサイズの絵本を雑誌の付録につけるなどで好評を博した。しかし、八四年の「怪人21面相」によるグリコ製品毒物混入事件と社長誘拐事件などが遠因となって、惜しくも中断してしまった。

『鬼ヶ島通信』での鈴木は、長編ミステリー「幸せな家族　そしてその頃はやった唄」を創刊号から一二号まで六年間にわたって連載し、八九年に偕成社から単行本として出版する。そして、翌年の小学館文学賞最終選考作品の数編に残り、受賞こそ逃したものの非常に高い評価を得た。同誌にはその後「ハメリンプールの真昼どき」を連載するが、九五年夏の病気入院などにより二七号を休載し、同号を最後に『鬼ヶ島通信』の同人を退会し、作品は未完のままとなった。

児文協新人賞の受賞の言葉で自らに課した、「少年の完全な自由を阻害しているおとなが少年に向かって何か書こうとするならば、少年の現在的な自由の問題を自己に問いつめる作業をしなくてはならないと思うから」「家出・放浪をしつづけなくてはならない」という命題を、五十歳代に至っても堅持しようとしたのだろうか。鈴木は、同人という小さな集団にも、時として湧出してしまう甘えともたれあう関係性に違和を感じ、最後の「家出・放浪」に出立したのだと自分なりに理解している。

それにしても、鈴木悦夫は随分と激烈で闘争的な決別の言葉を同人に送ったものだ。その内容はつまびらかにできる代物ではないが、いかにも鈴木らしいとも、そのとき思った。そしてそのとき、学生時代にお互いに口ずさんだろう、吉本隆明の「ちいさな群への挨拶」の一節を思い浮かべた。

ぼくはでてゆく
冬の圧力の真むこうへ
ひとりっきりで耐えられないから
たくさんのひとと手をつなぐというのは嘘だから
ひとりっきりで抗争できないから
たくさんのひとと手をつなぐというのは卑怯だから
ぼくはでてゆく
すべての時刻がむこうがわに加担しても
ぼくたちがしはらったものを
ずっと以前のぶんまでとりかえすために

鈴木はその後、東京を離れ、小田原で一人暮らしを始めた。それは、「ぼくたちがしはらったものを、ずっと以前のぶんまでとりかえす」ためだったのではないかと推測していた。若くして児童文学の寵児(ちょうじ)とも目され、その後テレビの世界で華々しい活躍をし、それだけに活字文化と文学の現状に対しては悲憤慷慨し、エンターテインメントと文学性を見据えた子ども読み物の構築を目論んでいたはずである。いや文学の再生をさえ視野に入れていたのではないか。しかしそれを実現することもできず、鈴木は孤独のうちに生を閉じた。

周囲からは悦ちゃんと呼ばれ、賑やかな集まりが好きで、人の話を楽しそうに聞く座談の名手で、時として饒舌なほどお喋りで、その中にも孤独の陰を色濃く感じさせた彼は、ついに永遠の放浪に旅立ってしまった。

鈴木悦夫が遺したものはいまだ回収されていない。おそらく、これからも未完のままで残されるに違いない。

吉本隆明の「ちいさな群への挨拶」は次のように結ばれる。

ぼくがたおれたらひとつの直接性がたおれる
もたれあうことをきらった反抗がたおれる
ぼくがたおれたら同胞はぼくの屍体を
湿った忍従の穴へ埋めるにきまっている
ぼくがたおれたら収奪者は勢いをもりかえす

だから　ちいさなやさしい群よ
みんなひとつひとつの貌よ
さようなら

（『吉本隆明詩集』思潮社刊より）

鈴木悦夫は、先に逝った山元護久や佐野美津男と、いま何を語らっているのだろうか。子どもの文学にとって異端ともいえる山元護久や佐野美津男が遺したものが、混迷する現在だからこそ再評価の光を当てなければならないように、鈴木悦夫が遺したものを忘却の彼方に追いやるわけにはいかない。そこに子どもの文学ならではの、特異な思想性が激しく還流しているのだから。

（のがみ・あきら　作家・評論家・編集者）
初出：『鬼ヶ島通信』第四二号・二〇〇三年

＊一九六四〜二〇一二年に存在した研究機関。

解説

松井和翠

『幸せな家族　そしてその頃はやった唄』は稀有な書物です。

しかし、その稀有さは所謂〝トラウマ児童文学〟といった常套句で済ませられるものでは到底ありません。確かに、この作品では子どもに〝トラウマ〟を植え付けかねないような衝撃的な事件が起こり、衝撃的な展開を見せ、そして衝撃的な結末を迎えます。

といっても、この作品は決して「無知な子どもたちに人間の恐ろしさを教えてやろう」というような、露悪的な小説ではありません。そうした考え方は、一時期の児童文学にありがちだった「無垢な子どもたちに人間の素晴らしさを教えてあげましょう」といった〝露善的〟小説と大して変わりはない。なぜなら、両者とも自らの人生観や人間観を絶対のものと思いこみ、それを未熟な人々に教え込んでやろうという下心を隠し切れない点において、実によく似ているのですから。

『幸せな家族』という作品は、そうした下心とは無縁です。そして、その点において既に、児童文学としては稀有な書物といえるでしょう。
では、その稀有さは果たして、どこから来ているのでしょうか。

＊

例えば、作者・鈴木悦夫は本作の初出である『鬼ヶ島通信』連載時の編集後記において、次のようなことを書いています。

《兎角児童文学者は群れたがる。群れなきゃ才能頼りの一本どっこ、多少は棘ある作品も書けようものを。組織作って大手振ってメジャー気取りは傍痛い。そんなのダメジャーてなもんだ。さて「鬼ヶ島通信」は、その辺十分心して。》（連載第一回）
《今更ながら、鬼ヶ島同人であることを嬉しく思っている。（中略）政治的なセクショナリズムや、思い上った児童文学論や、薄気味悪い童話観などと、これほどまでに無関係である同人誌はザラにない。》（連載第三回）

こうした発言から、作者が当時の児童文学界にある種の反抗心を抱き、斯界の生ぬるさに水を差すため《棘ある作品》を物そうという野心を持っていたことはわかります（これは、今回併録された野上暁氏の追悼文「鈴木悦夫が遺したものは？」を読んでも明らかでしょう）。そして、そうした野心の上に本作が書かれたであろうこともほとんど疑いありません。

ところが、こうした攻撃的姿勢にも拘らず、彼の描く作品がどこかある種の静謐さを湛えているのも確かです。しかもそれは、児童文学評でよく目にするような「作者は温かい視線をもって登場人物を見つめているのだ」式の言葉で済ませられるものではなさそうです。むしろ、作者は登場人物に対し、終始突き放した視線を注いでいます。

実の娘を溺愛する父。事件を機に狂気に囚われてしまう母。癇癪持ちで空気の読めない兄。そして美しい姉……。もしかすると、作者が彼らに背負わせた宿痾を、「統合失調症」「自閉スペクトラム症」「愛着障害」といった現代の言葉によって説明することも、可能なのかもしれません。そして、それを以てこの作品を〝先見性〟〝予見性〟といった言葉で賞賛することも、不可能ではないのかもしれない。

しかし、私はこの作品をそうした言葉で飾り立てることを好みません。強いていうならば、この作品の持つある種の〝普遍性〟こそ、賞賛に値すると思っています。

つまり、〝家族〟という最小単位の共同体が持つ脆弱さと、それが故の拘束力の強さを示唆している点で、この作品は稀有である、と私はいいたいのです。【以下、真相を示唆

する部分がありますので未読の方はご注意ください】

＊

例えば、英文学者・高山宏（たかやまひろし）は「終末の鳥獣戯画」（創元ライブラリ『殺す・集める・読む』所収）で、次のように指摘しています。

《自分を神だと思いこむ狂気を神狂病（テオマニア）というが、この種の狂気は（中略）「小児的精神傾向」の表現である。頭デッカチのまま大人になってしまって、人間関係や因果関係、要するにまともな大人の世界を成立させている関係性一切をあずかり知らぬ甘やかされた子供なのだ。》

ここで名指しされているのは、海外のとある巨匠の手に成る、とある名作推理小説の〃犯人〃です。私はこの一節に触れるたび、ジュヴナイル・ミステリの〃犯人〃たちを思い出します。江戸川乱歩、上野瞭（うえのりょう）、那須正幹（なすまさもと）、辻真先（つじまさき）、風見潤（かざみじゅん）、安達征一郎（あだちせいいちろう）、新庄節美（しんじょうせつみ）、はやみねかおる――。（ネタバレを避けるため、具体的な作品名を挙げることは控えますが）彼らの作品に登場する〃犯人〃たちは、自らを選ばれた存在であると思い込み、それによって他人を睥睨し、遂には他人を踏み潰すことに快感すら覚えるようになります。

ジュヴナイル・ミステリにこの種の《狂気》が現れるのは、ある意味で必然です。なぜなら彼ら〝犯人〟の心理は――〝中二病〟という言葉を持ち出すまでもなく――《小児的精神傾向》どころか、《小児精神》そのものなのですから。幼児期から思春期に至るまでの根拠なき全能感や他者への支配欲求は、こうした《狂気》と容易に結びついてしまう。それこそが〝犯人〟たちが《狂気》へと至る道筋なのです。

『幸せな家族』の〝犯人〟もまたそうした《狂気》に囚われてしまった人間といっていいでしょう。ならば、〝犯人〟をそういった地点にまで追い込んでいった根源とは、いったい何なのでしょうか。【以下、物語の真相に言及します。未読の方はまず本編をお読みになってください】

＊

第一の根源は、〝語り手＝犯人〟である省一の《たいくつ病》です。先に指摘した《狂気》もまた、すぐ物事に飽いてしまい、興味が持続しない彼の（現代的な？）性格の空隙に入り込んできたものと考えて差し支えありません。ただし、事件の由来を彼のパーソナリティのみに求めるのは早計です。ましてや、彼を〝恐るべき子供〟として片づけていいものではない。

なぜなら、彼の一連の行動は、彼を取り巻く大人たちの模倣であるからです。これが第二の根源です。

省一は《幸せな家族》CM撮影チームの記録映画計画から着想を得、事件の顛末をテープレコーダーに吹き込みます。これにより、〝語り手＝犯人〟というこの作品のメイントリックは成立します。手練れの読者からすれば、アガサ・クリスティの某作以降、執拗に使い倒されたこのトリックは、すでに手垢にまみれた手法のように見えるかもしれません。しかし、（特に現代において）トリック乃至アイディアをその前例の有無のみで語るのはナンセンスです。大切なのは、そのトリック乃至アイディアがどのような意図を持ち、どのような効果を物語に齎しているか、ということでしょう。

本作において〝語り手＝犯人〟というトリックは、《幸せな家族》を消費しようとする大人たちの――ひいては（所謂バブル経済へと向かってゆく）社会全体の――写し絵となっていることは明らかです。なぜなら、当初は保険会社がCMで提供する《幸せな家族》の現代的な肖像として、事件発生後はそれが崩壊していくドキュメンタリーの被写対象として、中道家は大衆に消費されんとする存在であるからです。つまり、〝家族〟という最小単位の共同体が、社会から消費され、同時に圧殺されていく、その象徴として中道家は

《幸せな家族》に指名され、そしてそれを告発するために、〝語り手＝犯人〟というトリックは選び取られているのです。

この物語の英題が「The Happy Family」ではなく「The Blessed Family」であるということが、それを如実に示しています。本書における《幸せな家族》とは、社会という祭壇に供される〝神聖な（＝Blessed）生贄〟なのです。

では、〝家族〟という共同体は、社会に消費され、為すすべなく圧殺されてゆくしかない、脆弱な存在に過ぎないのでしょうか。

＊

無論、違います。一人また一人とその姿を消していく《幸せな家族》は、社会から消費（＝圧殺）されながらも、むしろその〝絆〟を強めていくのです。なぜなら、この連続殺人事件は、省一ひとりの手に成るものではなく、家族全員で作り上げたものなのですから。

死の直前に息子を救う父。（図らずも）童謡殺人に至る道筋を作ってしまった兄。息子を庇ったがために狂ってしまった母。弟のために自らの命を捧げ、同時に弟を死へと導く姉。そして彼らの作った道を脇目も振らず走っていく弟――。この物語を省一と共に見守った読者の脳裏に焼き付くのは、連続殺人事件を全員で作り上げてしまったこの異様な

〝家族〟の肖像と、死してなお残り続ける彼らの〝絆〟の強さでしょう。

勿論、その〝絆〟は、決して甘く優しげな（＝Happy）響きを持ったものではありません。むしろ、極めて拘束力の強い〝呪縛（じゅばく）〟とでも称すべき、禍々（まがまが）しさを孕（はら）んだものなのです。これこそが、おそらくは〝神聖な（＝Blessed）〟と本書が題された意味であり、この物語の第三の根源です。

＊

さて、ここで一つ疑問が浮かびます。野上暁氏の追悼文によると、作者は《家出》というキーワードに強い拘りを持っていたようです。その作者が、なぜよりにもよって〝家族〟を主題とした本格推理小説を書こうなどと考えたのでしょうか。

以降はあくまでも私の憶測になりますが、作者は《家出》を肯定するためには、先に述べたようなHappyなだけの生ぬるい〝家族〟を否定しなければならない、と考えたのではないでしょうか。作者が山本太郎の詩「その頃はやった唄」に強い衝撃を受けたのも、正にこれがそうした〝家族〟を否定した詩であった――少なくとも作者はそのように感じた――からではないでしょうか。そして、作者にとってその〝家族〟は自らが育（はぐく）んだ――と同時に強く反発した――児童文学の世界と二重写しになっていたであろうことは想像に難（かた）くありません。しかし、〝家族〟を否定するために書かれた『幸せな家族』は、結果的に〝家族〟の肯定すら突き抜けて、〝神聖な〟域にまで達してしまいました。そして、児童文学として、一定の評価を受けてしまったのです。

あとがきや雑誌連載時の編集後記を読めば、作者が本作の出来にある程度の自信を持っていたことは間違いないと思いますが、氏の創作活動がそれ以降一種の行き詰まりを見せてしまったのは、こういったところに理由があるのかもしれません。

*

しかし、たとえそうであったとしても、『幸せな家族　そしてその頃はやった唄』が稀有な書物であるという事実は、一向に変わりありません。〝家族〟のかたちが多様化する現代を生きる人々にこそ、この〝祝福された家族（＝Blessed Family）〟の物語に触れてほしいと、私は願っています。

（まつい・わすい　ミステリ批評）

『幸せな家族　そしてその頃はやった唄』
初出　『鬼ヶ島通信』第一号・一九八三年〜第一二号・一九八八年
初刊　偕成社・Kノベルス、一九八九年

本書は『幸せな家族　そしてその頃はやった唄』偕成社版を底本としています。

底本中、明らかな誤植と考えられる箇所は訂正し、ルビは適宜整理しました。また初出版の表記に準じ、一部の漢字・かな表記を変更しました。

本文中、今日の人権意識に照らして、不適切な語句や表現が見受けられますが、著者が故人であること、発表当時の時代背景や作品の文化的価値に鑑みて、そのままとしました。

挿画・高田美苗

JASRAC（出）第2306262-411号

中公文庫

幸せな家族
——そしてその頃はやった唄

2023年9月25日　初版発行
2024年12月5日　11刷発行

著　者　鈴木悦夫

発行者　安部順一

発行所　中央公論新社
〒100-8152　東京都千代田区大手町1-7-1
電話　販売 03-5299-1730　編集 03-5299-1890
URL https://www.chuko.co.jp/

ＤＴＰ　ハンズ・ミケ
印　刷　三晃印刷
製　本　小泉製本

Published by CHUOKORON-SHINSHA, INC.
Printed in Japan　ISBN978-4-12-207418-7 C1193

中公文庫既刊より

各書目の下段の数字はISBNコードです。978－4－12が省略してあります。

れ-1-4
黒真珠　恋愛推理レアコレクション　連城三紀彦
反転する愛憎と虚実、そして待ち受ける驚愕の結末――騙りの巨匠の大技が冴え渡る、単著未収録の恋愛推理短篇十四篇。文庫オリジナル。〈解説〉浅木原忍
207302-9

お-99-1
小沼丹推理短篇集　古い画（え）の家　小沼丹
「私小説の名手」が作家活動の初期に書き続けた、スリルとユーモアとペーソス溢れる物語の数々。巻末に全集未収録作品二篇所収。〈解説〉三上　延
207269-5

た-19-6
橘外男海外伝奇集　人を呼ぶ湖　橘外男
虚栄の裏の差別、愛憎の果ての復讐……鬼才による、異国を舞台にした怪奇と幻想のベスト・セレクション全八篇。文庫オリジナル。〈解説〉倉野憲比古
207342-5

た-19-5
橘外男日本怪談集　蒲団　橘外男
虚実のあわいに読者を引きずり込む、独特の恐怖世界――日本怪談史上屈指の名作である表題作他全七篇を収録した、著者初の怪談傑作選。〈解説〉朝宮運河
207231-2

さ-16-11
アリバイ奪取　笹沢左保ミステリ短篇選　笹沢左保　日下三蔵 編
アリバイが消えたとき、笑うのは誰だ？　本格推理から、著者の真骨頂たる宿命小説まで、バラエティに富んだ作品八篇を収録した傑作選。文庫オリジナル。
207258-9

く-7-24
心斎橋幻想　関西サスペンス集　黒岩重吾　日下三蔵 編
金と欲望が渦巻く都会の夜に、夢を抱いた若い女の孤独と転落……。京阪神を舞台に人間の情念と闇を鋭く描く、全七篇。黒岩重吾の真骨頂。文庫オリジナル。
207389-0

ち-8-8
事件の予兆　文芸ミステリ短篇集　中央公論新社 編
大岡昇平、小沼丹から野坂昭如、田中小実昌まで。非ミステリ作家による知られざる上質なミステリ十編を一冊にした異色のアンソロジー。〈解説〉堀江敏幸
206923-7